KB235853

푸른숲 어린이 문학 049

환상통증전문 삼신병원

첫판 1쇄 펴낸날 2025년 11월 28일

지은이 이재문　**그린이** 모루토리
발행인 조한나
편집 박고은 정예림 강민영
디자인 전윤정 김혜은
마케팅 문창운 김인진 김은희
회계 양여진 김주연
인쇄·제본 (주)소문사

펴낸곳 (주) 도서출판 푸른숲
출판등록 2003년 12월 17일 제2003-000032호
수소 서울특별시 마포구 토정로 35-1 2층, 우편번호 04083
전화 02) 6392-7871~7874　**팩스** 02) 6392-7875
인스타그램 @psoopjr　**이메일** psoopjr@prunsoop.co.kr
홈페이지 www.prunsoop.co.kr　**제조국** 대한민국

ⓒ 이재문·모루토리, 2025
ISBN 979-11-7254-573-4 73810
　　　978-89-7184-535-6 (세트)

환상통증전문 삼신병원

이재문 글 | 모루토리 그림

푸른숲주니어

☆
차
례
☆

* 일러두기

이 책에 등장하는 '환상통, 환상통증'은 실제 절단 환자들이 겪는 '환상통(Phantom Pain)'과는 다른, 아이들의 심리적 성장통과 내면의 상처를 판타지적으로 형상화한 작가의 창작 설정입니다.

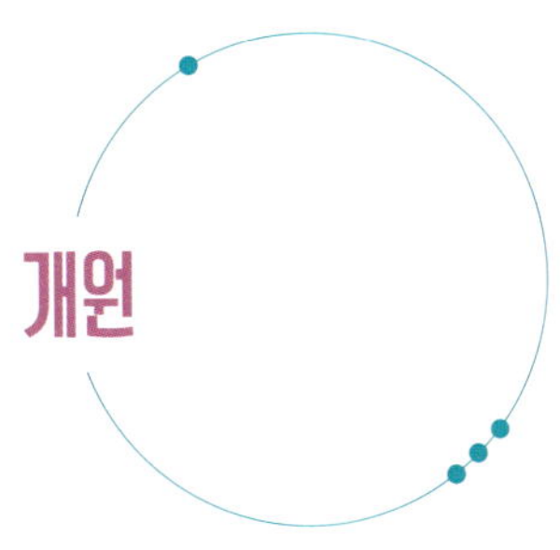

깜빡이던 가로등이 팟 꺼졌다.

아무도 없는 밤길에 또각또각 규칙적인 발소리가 울렸다. 전봇대 아래 쓰레기 더미를 뒤지던 검은 고양이가 노란 눈을 번득였다.

"하아악!"

고양이는 곧 다가오는 발소리의 주인을 알아보고, 심드렁하게 고개를 돌렸다. 커다란 의료용 가방을 손에 쥔 여자였다.

단정히 틀어 올려 쪽을 진 머리는 흰 눈이 내린 듯 하였다. 눈가에 주름은 많았지만 마냥 나이 들어 보이지는 않았다. 알밤처럼 윤기 나는 눈빛 또한 여느 젊은이 못지않게 단단했다.

주위를 두리번거리던 여자는 낡은 상가 건물을 올려다보았다. 6층짜리 건물은 군데군데 비어 있었다. 시선이 머문 곳은 꼭대기 층. 낡은 간판만이 과거에 태권도장이 있었다는 사실을 알려주었다. 여자의 입꼬리가 지그시 올라갔다.

"안성맞춤인 곳이야."

엘리베이터 버튼을 눌렀지만 고장 나 있었다.

"짧은 다리로 6층까지 올라가야 하다니. 얼른 고쳐 달라고 해야겠군."

여자는 끙 소리를 내며 계단을 하나둘 올랐다. 6층에 겨우 도착해 빈 상가의 입구 앞에 섰다. 문은 단단한 자물쇠로 잠겨 있었는데, 놀랍게도 여자의 손이 닿자 자물쇠가 스르륵 풀렸다. 여자는 문을 열고 들어간 뒤, 작은 손전등을 켰다. 바닥에 가방을 내려놓고 내부를 쭉 둘러보았다.

"흠, 청소부터 할까?"

여자는 가방에서 숯과 수건, 바가지를 꺼내 들고 춤을 추듯 휘휘 안을 맴돌았다. 그렇게 얼마쯤 돌았을까. 거미줄과 먼지, 쓰지 않는 가구들로 엉망이던 곳이 어느새 깨끗한 흰 벽에 안락한 소파가 놓인 병원으로 변했다. 여자는 만족한 미소로 불을 켰다. 좀 전까지 전기도 들어오지 않던 곳에 밝은 빛이 비추었다.

다음으로 여자는 가방에서 작은 두루미 인형을 꺼냈다. 데스

크 위에 올리며 인형의 머리를 톡 건드렸다.

"백이야, 언제까지 잘 거야? 일어나."

인형의 눈이 반짝 빛났다. 다음 순간, 데스크에 키가 크고 홀쭉한 남자 간호사가 나타났다. 그의 이름은 '백이'다. 희고 고운 살결은 은은히 빛났고, 눈매는 두루미의 날개처럼 길게 뻗어 있었다. 백이가 분홍색 간호사복을 이리저리 살피더니 말했다.

"호호호, 딱 마음에 들어요!"

가늘고 긴 손가락으로 입을 가리며 웃었다. 여자는 거울을 보며 가르마를 타고 있는 백이를 불렀다.

"백이야, 거울 그만 보고 일 좀 할까?"

"앗, 그럴게요, 쌤! 뭐부터 할까요?"

"일단 엘리베이터를 손봐야겠어. 정수기도 들여놓고, 진료실도 정리해야지. 아, 그 전에."

여자는 안내 데스크 뒤를 바라보며 턱을 매만졌다.

"병원 이름을 무엇으로 정히면 좋을까?"

백이도 함께 고민하듯 검지로 볼을 콕 찔렀다. 사실은 고민을 할 틈도 없었다.

"백이야, 이거 어떠냐?"

여자가 손가락을 팅기자 데스크 뒷벽에 금빛 글자가 아로새겨졌다.

"딱 좋아요! 삼신병원, 너무 마음에 든다! 호호호!"

여자도 팔짱을 낀 채 흡족한 듯 병원 이름을 바라보았다. 낡았지만 단정한 보라색 카디건 위에 걸친 흰 가운에는 '삼신'이라는 이름표가 있었다.

"그럼 엘리베이터 수리 좀 부탁해."

"네, 맡겨만 주세요!"

삼신은 진료실로 향하며 묘한 미소를 지었다.

'과연 어떤 아이가 찾아올까?'

삼신은 아이들의 두근대는 심장 소리가 벌써 들리는 듯했다.

목청껏 울어 개굴개굴

'4세 고시? 7세 고시? 웃기지 말라 그래.'

초6이야말로 인생의 향방을 결정하는 특별한 시기다.

점심시간, 준희는 밥을 먹자마자 책상 앞에 앉아, 고난도 수학 문제집을 폈다. 웬만한 문제 하나하나가 경시대회 급이었다. 한 문제를 푸는 데 쉬는 시간을 꼬박 다 써도 모자랐다.

6학년이 되면서 수학 학원을 옮겼다. 일주일에 세 번을 가는데, 한 번에 세 시간씩 수업을 듣는다. 이런 문제는 스무 개씩 푼다. 숙제로 스무 문제를 더 풀어 가야 한다.

'언제 다 푸나.'

준희는 잇새로 새어 나오는 한숨을 삼켰다. 가슴이 묵직해졌다. 어제 밤늦게까지 숙제를 했지만 아직도 다섯 문제가 남았다.

"준희야, 점심시간인데 나가자. 캐치볼 하게!"

친구들이 물었다. 준희는 속이 쓰렸지만 덤덤하게 말했다.

"안 돼. 나 숙제."

"너 쉬는 시간마다 풀던데, 아직 다 못했어?"

"야, 모르면 가만있어. 준희가 푸는 문제 엄청 어려운 거야. 고등학생 형들이 푸는 거라고."

"오, 진짜? 준희는 역시 못 하는 게 없다니까?"

아이들은 준희 문제집을 구경하듯 보고는 고개를 절레절레 저었다. 그러고는 '준희는 넘사벽'이라느니, '모범생은 다르다'느니 멋대로 말했다.

"아휴 그만해."

그래도 듣기 싫은 말은 아니다. 인정받는 건 늘 즐겁다. 문제는 그럴수록 더 잘하는 모습을 보여야 한다는 것이다.

"아쉽지만 우리끼리 해야겠네."

"아, 준희 빠지면 안 되는데. 우리 반 에이스!"

준희도 몸이 근질근질했다. 캐치볼이라도 실컷 하고 땀을 빼면 머리가 잘 돌아갈까? 잠깐 그런 생각을 했지만 이내 접었다. 점심시간마저 놓치면 문제 풀 시간이 없다. 꽉 차 있는 스케줄을 소화하려면 화장실 갈 시간도 아껴야 한다. 준희는 친구들에게 재밌게 놀다 오라는 말을 건네는 것으로 마음을 다잡았다. 아이들이 우르르 빠져나간 교실에는 혼자 큐브를 맞추고 있는 태민이가 다였다.

그새 시간은 흘러 점심시간도 얼마 남지 않았다. 서둘러 문제에 집중하려는데, 선생님이 준희를 불렀다.

"준희야, 선생님 좀 도와줄 수 있을까?"

5교시 과학 시간에 쓸 준비물 정리를 도와달라는 것이었다.

'왜 하필 나야? 태민이도 있잖아.'

준희는 아주 잠깐 고민했지만, 이내 군소리 없이 일어났다.

"네, 선생님!"

준희는 남은 점심시간 내내 선생님을 도와 실험 준비를 끝냈다. 선생님은 '덕분에 수업 준비가 잘 끝났다'며 준희에게 고마워했다.

"준희 없으면 선생님은 어떡하니?"

혼자만 먹으라고 건네주는 초콜릿을 손에 들고 준희는 빙긋 미소를 지었다. 속으로는 한숨이 나왔지만.

'망했다.'

수학 문제는 도무지 다 풀어 갈 수 없을 것이다. 그래도 끝까지 최선을 다해야지. 그게 모두가 준희에게 바라는 바니까.

5교시가 끝나자마자 준희는 다시 책상 앞에 앉아 문제 풀이에

몰두했다. 준희는 시계를 바라보았다. 초침이 지나치게 빨리 지나갔다.

'유니콘 준희.'

세상에 존재하지 않을 것만 같다고 해서 붙여진 별명이다. 그외로 그림 같은 준희, 모범생 준희, 엄친아 준희 등등이 있다. 준희는 운동이면 운동, 공부면 공부, 교우 관계면 교우 관계, 어느 면이라도 빠지는 게 없었다. 어릴 적부터 어른들에게 칭찬받았고, 선생님과 친구들도 준희를 인정해 주었다.

딱 한 사람, 준희를 못마땅하게 여기는 사람이 있었다.

"준희야, 잠깐 이리 와서 앉아 봐."

학원 스케줄을 마치고 집으로 돌아왔을 때 시계는 밤 9시를 가리켰다. 준희는 지쳐서 쉬고 싶은데, 엄마는 할 말이 있는 듯했다. 딱딱한 표정으로 식탁 앞에서 준희를 불렀다. 준희는 마른 침을 삼켰다. 엄마가 왜 그러는지 알 것 같았다.

"왜……?"

준희는 엄마 앞으로 다가가 앉았다. 엄마에게도 늘 말 잘 듣는 아들이었던 준희는 자꾸만 엄마 눈치를 보게 되었다. 엄마는 잠시 말없이 준희를 바라보다가 약한 한숨을 내쉬었다. 엄마 들숨에 심장이 덜컥, 날숨에 머리가 어질했다.

"수학 학원 선생님이 전화 주셨어. 오늘도 문제를 다 못 풀어 갔다며?"

엄마가 눈 한 번 깜빡이지 않고 준희를 빤히 보았다.

"응……."

엄마 미간에 주름이 졌다. 준희는 무어라 더 말해 보려다가 입 술을 꾹 다물고 고개를 떨구었다. 엄마가 하던 말이 떠올랐기 때 문이다. 이번에도 엄마는 그 말을 입에 올렸다.

"준희야, 실력에 변명은 없어."

선생님을 도와줬든, 다른 학원 스케줄이 빡빡했든, 뭐가 어떻 든 간에 준희는 해내야 할 과제를 해내지 못했다. 그것도 한두 번이 아닌 여러 번.

"엄마는 네가 할 수 있을 거라고 생각했는데. 아니야?"

준희는 고개를 번쩍 들었다. 엄마가 어떻게 그런 말을 할 수 있지? 준희가 여태 해 왔던 것들을 생각하면 그렇게 말하면 안 된다. 학교에서도 학원에서도 인정받는 훌륭한 아이. 엄마는 준 희에게 그것을 기대했고, 준희는 놀고 싶은 마음을 억누르며 엄 마의 기대를 채워 왔다.

그런데 요즘 엄마는 자꾸만 실망했다는 표정을 짓는다. 그럴 때면 준희는 목울대가 뜨거워졌다. 지금도 그랬다. 눈시울이 뜨 겁고 목이 간질간질했다.

나 엄청 힘든데도 최선을 다하고 있다고, 문제 하나 못 풀어 간 것 때문에 그렇게 심한 말을 하는 거냐고 우는소리를 하고 싶었다. 수학 문제를 못 풀어 간 아이는 비단 준희만이 아니었다. 하지만 그런 말을 해 봤자 변명밖에 되지 않을 것이다. 엄마는 말이 아닌 행동으로 보이라고 할 거고.

"앞으로 더 힘들어질 텐데 벌써 지치면 어떡해? 우리 아들 잘할 수 있지?"

너는 6학년이다. 앞으로 대학에 들어갈 때까지 몇 년은 더 달려야 한다. 아니, 엄마 말에 따르면 대학으로 끝이 아니었다. 좋은 직업을 얻고 남부럽지 않게 살려면 노력은 필수다. 요즘 같은 경쟁 시대에 조금만 뒤처져도 따라잡긴 힘들어진다.

'그렇지만 뭘 얼마나 더 열심히 해야 하는 걸까? 언제까지 이렇게 살아야 할까?'

자꾸만 울고 싶어지는 그때였다.

"개굴."

자기도 모르게 튀어나온 소리에 준희는 어깨를 움찔했다. 엄마도 눈이 휘둥그레졌다.

"뭐야, 방금?"

준희는 손을 내저었다.

"기, 기침했어!"

말도 안 되는 소리였다. 누가 기침을 '개굴'하고 한단 말인가. 엄마는 인상을 썼고, 준희는 다음부턴 더 열심히 하겠다며 여러 차례 다짐하고 나서야 엄마 앞을 벗어날 수 있었다.

방에 들어온 준희는 자기 목을 쓰다듬었다. 괜히 '흠흠' 헛기침을 해 보았다. '아아' 목소리도 냈다. 이상한 점은 없었다. 그런데 왜 그런 소리가 나온 걸까?

'스트레스 때문인가?'

준희는 조금 걱정이 됐지만, 일단은 잊기로 했다. 지금은 내일 숙제를 마무리할 시간도 모자라니까.

문제는 다음 날 벌어졌다.

'왜 이렇게 가렵지.'

감기는 아닌 듯한데 일어나자마자 목구멍이 자꾸만 간질간질했다. 6월에 접어들면서 교실에도 학원에도 에어컨을 틀기 시작했다. 준희는 냉방병 같다고 생각했다. 목구멍뿐만 아니라 피부도 근질거렸다. 팔다리 손가락 할 것 없이 벌레가 스멀스멀 기어가는 것처럼 가렵고 건조했다.

식탁에 앉아 준희는 팔오금을 긁었다. 토스트에 계란에 과일까지, 식탁에 한가득 아침을 차리던 엄마가 물었다.

"왜 그래? 가려워?"

“응. 어제부터 조금…….”

“어디 봐.”

준희의 팔을 유심히 보던 엄마는 고개를 갸우뚱했다.

“벌레 물린 것도 아니고, 멀쩡한데?”

엄마는 로션을 좀 발라 보라며 건네줬다. 준희는 엄마 말대로 했다. 그러나 가려움은 여전했다. 엄마가 걱정할까 봐 내색하진 않았다. 준희는 긁고 싶은 걸 꾹 참고 식사를 마쳤다.

수업 시간이고 쉬는 시간이고, 등 허리 팔 발목 가렵지 않은 데가 없었다. 준희는 더는 참기 힘들어 가려운 곳을 벅벅 긁었다. 짝 여리가 긁는 소리에 놀라서 준희에게 물었다.

“준희야, 너 피부 빨개졌어.”

“개굴.”

“응? 개굴?”

별일 아니라고 말하려 했는데 또 개구리 소리가 나왔다.

“아, 아니야! 장난, 장난!”

준희는 허둥지둥 손을 내저었다. 여리는 조금 당황한 얼굴이었다. 천하의 모범생 준희가 장난을 치다니. 그것도 뜬금없이 ‘개굴’이라고? 재미는 없고 엉뚱하기만 했다.

준희는 혹시나 다른 친구들도 들었을까 봐 심장이 벌렁거렸다. 이게 무슨 일이람. 왜 자꾸 난데없이 개구리 소리가 튀어나

개굴

오는 건지. 준희는 두 손으로 입을 꾹 막았다. 그런데도 이상하게 입 밖으로 '개굴개굴'하고 소리가 나갈 것만 같아 뒷덜미에 소름이 돋았다.

문득 애앵 소리를 내며 지나가는 파리가 눈에 들어왔다. 침이 꼴깍 넘어갔다.

'맛있겠다……. 뭐? 파리가 맛있겠다고? 미쳤나 봐. 나 진짜 왜 이러지.'

준희는 고개를 돌리고 마른침을 삼켰다. 창밖으로 짙은 구름이 몰려들고 있었다.

가려움을 조금 완화하는 방법을 찾았다. 쉬는 시간, 손을 씻는데 가렵던 손등이 감쪽같이 좋아졌다. 혹시 몰라 팔 전체를 씻어 보았다. 역시나 가려움이 사라졌다. 준희는 연거푸 세수를 했다. 거울에 비친 얼굴이 한결 밝아 보였다.

그날, 준희는 수업이 끝나자마자 학원 대신 집으로 달려왔다. 잠깐 짬이라도 내서 샤워를 해 볼 참이었다. 샤워 부스에 들어가 물을 틀었다. 쏴아, 소리가 나며 차가운 물이 머리 위로 떨어졌다. 정신이 번쩍 들었다. 온몸을 감싸는 껍질 같은 게 씻겨 내려가는 느낌이었다. 가려움이 사라진 건 두말하면 잔소리였다.

물이 해답이었다. 준희는 아르키메데스가 유레카를 외친 심정이 이해가 되었다. 물에 들어갔다 나오면 잠깐은 괜찮았지만, 이어지는 피부 가려움은 점점 더 심해졌다. 나중에는 물에서 나가기 싫어질 정도가 되었다.

늦은 밤 학원을 마치고 돌아온 준희는 욕조 가득 물을 받아 몸을 담갔다. 모락모락 피어오르는 수증기가 마음속 가려움까지 씻어내는 듯했다.

그러나 날마다 목욕 시간이 길어지자 엄마의 발소리가 달라졌다. 엄마는 신경질적인 발소리로 화장실로 와 문 앞에 서서 언성을 높였다.

"준희야, 뭐 해?"

"목욕하는데……."

"아무리 그래도 무슨 목욕을 매일 30분씩이나 해? 어서 나와. 할 거 많잖아!"

30분이 뭐야, 1시간이고 2시간이고 물에 있고 싶었다. 준희는 욕조에 담아 둔 물을 뺐다. 수챗구멍으로 물이 뻔그르르 빨려 들어가는 모습을 하염없이 바라보았다. 마음속 무언가도 덩달아 빨려 들어가는 듯했다.

다음 날, 준희는 도무지 가려움을 못 참겠어서 말했다.

"엄마, 학교 가기 전에 피부과 좀 가면 안 돼? 너무 가려워."

엄마는 준희 피부를 살피더니 '겉으로 보기엔 아무렇지도 않은데 며칠 전부터 뭐가 자꾸 가려운 거냐'며 의아해했다. 하지만 준희가 허튼소리를 하는 아이도 아니고, 계속 그러니 걱정이 되는지 그렇게 하자고 했다.

그 길로 준희는 엄마와 함께 피부과에 들렀다. 돌아오는 건 보습 크림을 틈틈이 발라 주라는 처방뿐이었다. 피부과에서 비싼 보습 크림을 산 뒤 엄마와 헤어져 준희는 학교로 향했다. 엄마의 쓴소리가 떠올랐다.

"너 요즘 집중 못 하는 것 같아. 벌써 6학년이야. 여태 잘했으면 뭐 해? 이제 시작인데. 집중을 못 하니까 피부도 가려운 거고."

준희는 피부를 긁으며 생각했다.

'내가 집중을 못 해서 피부가 가려운 거라고? 그 둘은 아무런 연결 고리도 없는데?'

준희도 더 잘하고 싶었다. 피부도 더 이상 가렵지 않았으면 좋겠다고 생각했다.

'둘 다 잘 안되는 걸 어떡하라고.'

아무리 긁어도 가려운 피부처럼 성적을 생각하면 가슴 속이 가려웠다.

어디선가 음악 소리가 들려왔다. 요즘 인기 있는 챌린지 음악이었다. 준희도 잘 아는 노래였다. 작년 가을 학예회 때 같은 반

남자애들과 이 챌린지 춤을 따라 췄다. 평소라면 엄마가 무슨 춤이냐며 못마땅해했겠지만, 그때는 담임 선생님이 학급 동아리로 댄스 동아리를 운영해서 가능한 일이었다.

곧바로 등교해야 했지만, 준희는 음악을 조금만 더 듣고 싶었다. 슬금슬금 음악이 나오는 곳으로 걸음을 옮겼다. 음악은 웬 허름한 건물에서 들리는 듯했다. 그곳을 물끄러미 바라볼 때였다.

'애애앵.'

파리 한 마리가 눈앞을 지나갔다. 순간, 그 작은 파리가 돋보기로 확대라도 한 듯 어찌나 커다랗게 보이는지. 준희는 입맛을 다시며 파리를 뚫어져라 보았다. 입안에 침이 고이고 혀가 간질거렸다. 준희는 자기도 모르게 파리를 향해 손을 뻗었다.

잽싸게 텁.

준희는 꼭 쥔 주먹을 폈다. 파리는 없었다.

애애앵.

텁.

샥.

텁.

샥.

파리가 음악이 들리는 건물 쪽으로 날아갔다. 준희도 빠르게 걸음을 옮겼다. 혀를 날름거리면서.

파리가 계단을 따라 올라갔다. 준희는 자기가 '개굴' 소리를 계속 내고 있다는 것도 모른 채 홀린 듯 파리를 쫓았다.

꼭 준희를 놀리듯이 눈앞에서 파리가 요리조리 날았다. 입술을 씰룩이며 파리를 눈으로 좇았다. 그리고 풀쩍 뛰어올랐다. 파리를 한입에 확!

"어머, 내가 딱 잡았다!"

파리가 젓가락 끝에 붙잡혔다. 준희의 코끝에서.

속눈썹이 긴 남자가 호호호 웃었다.

"설마 파리를 먹으려던 건 아니겠죠? 이건 내 몫이야."

남자는 젓가락을 입으로 가져가 파리를 꿀꺽 삼켰다. 준희 눈이 커졌다.

"어머, 피부가 왜 이렇게 푸석해요? 잘 왔어요. 우리 병원이 피부병 하나는 기가 막히게 고쳐요. 어서 들어와요."

남자가 문을 활짝 열었다. 준희는 뒷걸음질 치다가 데스크 뒤를 보고 멈칫했다.

'환상통증전문 삼신병원'

작은 글씨로 '원인 불명의 환상통증을 치료합니다'라고 쓰여 있었다.

'환상통증? 무슨 말이지?'

원인 불명의 통증을 치료한다는 문구가 눈에 밟혔다. 준희는 손을 내려다보았다. 왜 가려운지 알 수 없는 이 증상도 낫게 해줄까? 이상하게도 발길이 절로 이끌렸다.

준희는 병원 내부를 힐긋 둘러봤다. 겉보기엔 여느 병원과 크게 다르지 않았다. 희고 고운 벽지와 대리석 바닥, 아늑한 대기 공간, 가지런히 놓인 의자들. 그런데 뭔가…….

준희는 쿵쿵 냄새를 맡았다. 병원 특유의 알코올 냄새도, 사람 냄새도 없었다. 마치 모든 냄새가 사라진 공간처럼.

'그림자가……?'

의자 아래로 떨어진 그림자는 사방으로 흐트러져 있었다. 각도도 방향도 제멋대로였다.

남자가 데스크에 앉아 키보드를 두드렸다.

"이름은 오준희."

"네? 제 이름을 어떻게!"

"초등학교 6학년. 키는 167cm에 몸무게 52kg. 별명은 유니콘. 맞죠?"

준희는 너무 놀라서인지 딸꾹질이 나왔다.

"개굴!"

준희는 급히 입을 가렸다. 그런데도 '개굴! 개굴!' 소리가 멈추지 않았다.

"죄, 죄송합니다, 개굴!"

뒤에서 목소리가 들려왔다.

"아픈 게 죄송할 일인가요? 치료받을 일이지."

하얀 머리를 곱게 틀어 올리고 흰 가운을 입은 할머니였다. 아니, 할머니가 아니라 엄마 또래인가? 준희는 눈을 비볐다. 보이는 건 나이 많은 할머니인데 전혀 할머니 같지 않았다. 여자의 동그란 눈이 재빠르게 움직였다. 따뜻한 담요 속에 칼날이 숨겨진 듯한 눈빛이었다. 가운의 명찰이 눈에 들어왔다.

'삼신?'

아마도 이 병원의 의사 같았다.

"제, 제가 갑자기 이상한 소리를 내서 놀라셨죠?"

"이상한 소리라뇨. 증상이에요. 하지만 너무 걱정하진 마세요. 백이야, 환자분 모셔 줘."

"네, 쌤! 준희 학생, 이쪽이에요."

준희는 백이를 따라 진료실로 들어갔다. 자리에 앉자 삼신이 물었다.

"언제부터 증상이 있었나요?"

피부 가려움증을 얘기하는 걸까? 준희가 머뭇거리자 삼신이 말을 이었다.

"언제부터 개굴 소리를 냈냐고요."

"네? 아, 그게…… 개굴!"

아무리 입을 틀어막아도 개굴 소리가 나왔다.

"개굴, 개굴, 개굴."

놀란 준희 마음은 안중에도 없는지 개굴 소리는 마치 딸꾹질이라도 하듯 연거푸 터져 나왔다. 삼신이 고개를 끄덕였다.

"그 소리가 갑자기 나오는 건 아닐 텐데. 오래 참았나 봐요."

포근한 목소리가 몸 안 깊은 데를 쓸고 지나갔다. 준희는 살짝 숨을 내쉬었다. 긴장이 아주 조금 풀렸다.

"부모님은 아세요?"

준희는 삼신의 눈이 왠지 많은 걸 알고 있는 것처럼 느껴졌다. 남들에겐 모범생 소리 듣는 준희지만, 엄마 앞에서는 한없이 작아지는 아들이란 것도. 그래서 허둥거리며 변명하듯 말했다.

"엄마는 알고 계세요. 피부과도 이미 다녀왔고. 문제없을 거라고 했는데……."

차트에 무언가를 적어 내려가던 삼신이 고개를 들었다.

"환자분은 청개구리 바이러스에 의한 '개굴개굴 울어' 병에 걸렸어요."

"개굴개굴…… 울어 병이요?"

준희는 의사 선생님이 장난을 치는 건가 싶었다. 하지만 삼신의 표정이나 말투로 보건대 농담은 아닌 듯했다. 삼신은 이 병이 생각보다 흔하다고 했다.

삼신

"약을 처방해 줄 테니 대기실에서 기다려요."

잠시 후 간호사가 튜브형 연고를 가져왔다. 간호사는 씨익 웃음 지으며 말했다.

"이 연고를 하루 세 번, 가려운 곳에 바르세요."

느즈막이 학교에 등교한 준희는 삼신병원에서 받은 연고를 가방에 넣어 두었다. 수업 내내 연고가 신경이 쓰였다. 의사는 진료비를 받지 않았다. 일종의 무상 서비스니 뭐니, 이상한 소리만 했다. 그래서 더욱 의심스러웠다. 어쩌자고 이런 걸 받아 온 걸까. 한편으로는 궁금했다. 정말로 낫게 해 줄까? 딸꾹질이 나올 것처럼 목이 근질거릴 때마다 준희는 가방을 만지작거렸다. 입이라도 열었다간 개굴 소리가 나올 것 같아 하루 종일 발표도 하지 못했다. 게다가 가려움은 자꾸만 심해져 수업에 집중할 수가 없었다.

집에 돌아왔을 때 준희는 손 하나 까딱일 힘도 없었다. 잠시 의자에 앉아 숨을 고르는데, 엄마가 들어왔다.

"준희야, 얼른 씻고 숙제해야지."

'오늘 하루만 쉬면 안 돼?'

입술 끝에 매달린 말을 꿀꺽 삼켰다. 대신 지친 몸을 이끌고 화장실로 향했다.

세면대 앞에 서서 거울을 보았다. 엄마가 완벽하게 닦아 놓은 거울에 퀭한 얼굴이 비쳤다. 눈은 푹 들어갔고, 머리는 부스스했다. 하루도 쉬지 못하는 자신이 거울 속에 갇힌 듯했다.

갑자기 눈시울이 뜨거워졌다. 그러나 눈물은 나오지 않고, 눈이 타들어 갈 것처럼 아팠다. 이런 모습을 보면 엄마는 보나 마나 '왜 이리 약해 빠졌냐'고 하겠지. 목울대가 꿀렁거리며 개굴 소리가 터져 나올 것만 같았다.

문득 삼신병원에서 받은 연고가 생각났다.

'밑져야 본전인데, 발라 볼까?'

더 나빠질 것도 없다고 생각한 준희는 방에서 연고를 가져왔다. 튜브 뚜껑을 열고 검지에 초록색 연고를 조금 짰다. 잠시 망설였지만, 손등에 연고를 조심스럽게 펴 발랐다.

"어……?"

놀랍게도 가려움증이 점차 사라졌다. 다른 곳도 발라 보았다.

'말도 안 돼……! 엄마한테 말할까?'

그러나 곧 고개를 저었다. 이상한 병원에 다녀왔다면 엄마가 걱정할 게 뻔하니까.

준희는 오랜만에 가려움 없이 잠들 수 있었다.

다음 날 아침 준희는 기지개를 활짝 켰다. 찌뿌둥했던 어제와 달랐다. 뭘 해도 잘할 것 같은 기분이었다. 준희의 기분과 달리 하늘엔 검푸른 먹구름이 걸려 있었다. 시계는 아침 7시를 가리키고 있었다.

준희는 방을 나갔다. 엄마가 거실 창 너머를 내다봤다.

"갑자기 무슨 놈의 비가 이렇게 내려?"

굵은 장대비가 쏟아지고 있었다. 등굣길에 신발이 다 젖을 거 같았다. 그런데도 준희는 싫지 않았다. 오히려 비를 온몸으로 맞고 싶었다. 준희는 엉뚱하게도 큰 소리로 엄마를 불렀다.

"개굴!"

엄마가 웬 장난이냐는 듯 눈살을 찌푸리며 고개를 돌렸다. 준희도 깜짝 놀라 입을 막았다.

"개, 개구리……!"

엄마가 귀신이라도 본 듯 눈을 부릅뜨더니 비명도 제대로 못 지르고 자리에 털썩 쓰러졌다.

'엄, 엄마!'

놀란 준희가 엄마에게 달려갔다. 괜찮냐고 물으려 했지만, 마음과 달리 입에서는 엉뚱한 소리만 자꾸 나왔다.

"개굴개굴!"

다행히 엄마는 기절한 건 아니었다. 힘겹게 눈을 뜨더니 믿기지 않는다는 듯 고개를 저으며 준희에게 물었다.

“너…… 뭐야?”

그 말이 비수처럼 날아들었다.

“개굴개굴! 개……. (뭐긴! 엄마 아들이지!)”

“너 누구냐고!”

엄마가 하얗게 질린 얼굴로 소리를 지르더니 못 볼 거라도 본 듯 소스라치며 준희를 밀어냈다. 그러곤 안방으로 도망쳐 문을 걸어 잠갔다.

준희는 대체 엄마가 왜 이러는지 알 수 없었다. 아무리 화가 나도 이렇게까지 준희를 막 대한 적은 없었다. 그런데도 입에서는 주책없이 개굴개굴 소리만 나왔다.

‘도대체 내가 왜 이러는 건지.’

준희는 망연자실한 얼굴로 자리에서 일어났다. 그때, 거실 창에 비친 자신의 모습이 눈에 들어왔다.

거대한 개구리 인간이 준희 옷을 입고 준희 안경을 쓴 채 서 있었다. 안방에서 엄마의 악다구니가 들려왔다.

“우리 준희한테 무슨 짓을 한 거야, 이 괴물아!”

‘아, 아니야……. 난 준희야. 준희라고!’

그러나 엄마에게 준희 목소리는 개굴개굴 소리로 들릴 뿐이었다. 아무리 목청껏 외쳐도 소용없는 일이었다.

“경찰서죠? 괴, 괴물이 나타났어요!”

통화 소리가 안방 문 너머로 새어 나왔다. 번개가 '쾅!'하고 하늘을 찢었다.

준희는 엄마에게 자신을 증명해 보이고 싶었으나 이대로 있다간 경찰과 맞닥뜨릴 터였다. 지금은 일단 몸을 숨겨야 했다. 준희는 슬금슬금 뒷걸음질 치다 현관으로 달아났다. 신발을 신는데, 문득 사람들 눈에 띌 게 걱정됐다. 다시 방으로 뛰어가 후드티를 꺼입고, 모자도 눌러썼다. 손이 떨리고 머리는 어질어질했다. 준희는 현관을 박차고 뛰쳐나갔다.

내리는 비에 옷이 젖어 질척거렸다. 준희는 오히려 좋았다. 비를 맞으니 마음이 편해졌다.

그래도 사람들이 지나갈 때면 고개를 숙였다. 사람들의 시선이 준희를 훑었다. 우산도 없이 비 맞는 모습 때문일까? 그게 아니면 옷소매 밑으로 보이는 초록색 피부 때문일까?

준희는 놀이터 한쪽의 그늘진 벤치에 웅크렸다. 흙탕물이 스며든 옷에서 김이 피어오르다 사라졌다. 도대체 어떻게 된 건지 곱씹어 보았다. 처음엔 뭐가 문제인지 떠올리지 못했다. 그러다 어제와 달라진 점을 한 가지 발견했다.

'초록색 연고?'

삼신이라는 의사가 처방해 준 그 약을 바르고 가려움이 사라

졌다. 어제 삼신병원에서 들었던 환상통증이니 뭐니 하는 말
들……. 그 병원이 문제의 원인일까?

어쩌면 그 병원만이 답일지도 몰랐다.

준희는 발끝을 돌렸다. 다시 병원으로 가 보기로 했다.

준희는 병원으로 들어갔다. 몸에서 뚝뚝 떨어진 물 때문에 발
밑이 홍건해졌다. 데스크에서 백이가 꾸벅꾸벅 졸고 있었다.

"개굴?(저기요)"

"쌤, 저는 맛있는 물고기가 먹고 싶다고요! 아……!"

백이는 입가의 침을 닦으며 눈을 끔뻑거렸다. 꿈이란 걸 깨달
았는지 입맛만 다셨다. 그러다 개구리 인간을 발견했다.

"아이, 깜짝이야!"

백이가 놀라니 준희는 절로 어깨가 처졌다. 내 모습이 다른 사
람 눈에 어떻게 비칠지 예행연습 한 기분이었다.

"개굴……."

백이가 얼른 표정을 고쳤다.

"어머, 어머. 세상에 이게……."

백이는 마른 입술을 훔치더니 "쌤! 쌤, 나와 보셔야겠어요!" 하
고 소리쳤다. 잠시 후, 진료실 문이 열렸다.

"완전한 개구리가 됐네!"

삼신이 준희를 보더니 환하게 웃었다. 누굴 놀리나? 준희는 불쑥 화가 났다. 따지듯 개굴개굴 목소리를 높였다. 놀랍게도 삼신은 준희가 무슨 말을 하는지 다 알아들었다.

"그만 울고 이리 들어와요. 차도가 있는지 봐 줄 테니."

삼신은 준희의 팔을 들더니 이곳저곳을 살폈다. 입을 벌리라더니 목구멍도 유심히 들여다보았다. 진료를 끝내고 삼신이 물었다.

"한 번쯤 내 마음대로 살아 본 적 있어요?"

'내 마음대로?'

준희는 곰곰이 생각해 보았다. 내 마음이라는 게 있나? 준희는 언제나 엄마가 시키는 대로 살았다. 엄마가 이 학원을 가라면 이 학원을 갔고, 저 공부를 하라면 저 공부를 했다. 취미도 식성도 친구 관계도 엄마가 정해 줬다.

'엄마 말을 잘 들으면 자다가도 떡이 나와. 다 너 잘 되라고 하는 소리니, 엄마 말 들어.'

준희는 그 말을 믿었다. 아니, 의심해 본 적은 있던가?

"나보다 나를 더 잘 아는 사람은 없어요. 때로는 누구 목소리도 아닌 내 목소리에 귀를 기울여야 해요. 말 안 듣는 청개구리가 되더라도 내가 진짜로 하고 싶은 게 뭔지, 엄마가 시켜서 하는 게 아니라, 내가 좋아서 하는 게 뭔지. 이제 그걸 찾을 때가 된 거예요. 목청껏 울어야 하는 때가."

의사는 개굴개굴 소리를 참지 말고 실컷 울라고 했다.

"계속 참으면 눈물샘이 말라서 나중엔 아예 울지 못할 거예요."

삼신의 목소리는 진지했지만 눈동자는 다정하게 웃고 있었다.

눈물샘이 마르면 피부가 먼저 간질간질해지고, 그다음엔 마음이 마르기 시작한다고 했다. 가려운 건 몸이 아니라 마음일지도 모른다고.

"울 때 잘 울어야 하는데, 그게 안 되는 거죠. 눈물은 마음의 진통제예요. 개굴개굴 울기라도 해서 다행이에요."

의사는 빨간색 연고가 든 튜브를 주었다.

"목청껏 다 울고 나면 이 연고를 발라요."

'실컷 울라고? 도대체 어디서?'

인사하고 병원을 빠져나오며 준희는 애먼 바닥만 찼다.

도처에 사람들이 있는데, 개굴개굴 울면 경찰이 출동하진 않을까?

그러나 우선은 처방을 따르고 봐야 했다. 준희는 입술을 꾹 다물었다. 초록색 연고를 바르고 이 모양이 되었으니 빨간색 연고에 기댈 수밖에.

동네에 뒷산으로 이어진 둘레길이 있었다. 비가 오는 날이라 인적이 드물었다. 준희는 그 길을 한참 올랐다. 쉼터가 나타났다. 작은 연못도 있고, 반대쪽으로는 학교 운동장도 내려다보였다. 지금쯤 수업이 한창이겠지? 학교가 멀게만 느껴졌다.

준희는 학교가 보이는 바위에 앉아 목을 가다듬었다.

"개굴……."

막상 울려니 목소리가 나오지 않았다. 여태 지각 한 번, 결석 한 번 하지 않았는데 선생님이 어떻게 생각하실지 걱정이 되었다. 이 와중에도 남들이 날 어떻게 볼지 생각하는 자신이 조금 답답해졌다.

어디선가 음악 소리가 들려왔다. 준희가 좋아하는 챌린지 음악이었다. 준희는 두리번거렸다. 사람이 보이지는 않았다. 한참을 둘러보고 나서야 후드 주머니 속에 휴대폰이 들어있었다는 걸 깨달았다. 휴대폰 벨소리였다. 노래가 너무 좋아 얼마 전에 바꾸어 놓았었다.

엄마 전화였다. 차마 전화를 받지 못했다. 전화는 이후 몇 번 더 울리고 끊기기를 반복했다. 준희는 노래를 따라 불렀다.

"개굴개굴."

그렇게 얼마나 울었을까. 주변이 또 다른 소리로 채워지기 시작했다.

“개굴개굴. 개굴개굴.”

다른 개구리가 울었다. 또 하나의 개구리, 또 하나의 개구리. 하나둘 더해진 개구리 소리는 점차 크기를 키워 갔다. 누가 더 크게 우나 시합이라도 하듯. 때아닌 개구리 합창에 놀랄 만도 한데, 준희는 왠지 그 소리가 반가웠다. 그리고 울고 싶어졌다. 눈이 붓도록, 목이 터지도록.

준희는 있는 힘껏 목청을 키웠다.

“개굴개굴! 개굴개굴!”

실컷 울고 난 준희는 개운한 마음으로 빨간 연고를 꼼꼼히 발랐다. 연고는 방수 효과가 있는지 빗물에도 씻겨 내려가지 않고 피부에 흡수됐다. 언덕길을 다 내려왔을 때 준희는 음식점 쇼윈도에 비친 자기 모습을 보았다.

원래 모습으로 돌아와 있었다.

준희는 터덜터덜 집으로 향했다. 억수같이 퍼붓던 비는 언제 그랬냐는 듯 그쳤다. 말도 없이 학교도 빠지고, 엄마도 놀라게 하고, 도망치듯 나왔다가 돌아가는 길이었지만 발걸음이 무겁지 않았다.

아까부터 자꾸 엄마에게 전화가 왔다. 문자도 빗발쳤다.

현관문 앞에 도착한 준희는 한숨을 내쉬었다. 무슨 말을 어떻게 해야 할까? 엄마를 마주할 자신이 없었다. 조심스럽게 현관문 비번을 눌렀다. 문을 열고 들어가자 소파에 앉아서 전화 중이던 엄마가 벌떡 일어났다.

"아들!"

엄마는 급히 달려와 준희의 손과 팔을, 얼굴을 더듬으며 확인했다.

"괜찮은 거 맞지?"

준희가 무사한 걸 확인한 엄마는 갑자기 웃음을 터트렸다. 엄마가 고개를 절레절레 젓더니 이마에 손을 얹으며 말했다.

"요새 네 성적 관리하느라 스트레스를 너무 받았나? 헛것을 봤나 봐. 아까 말이야. 큰 개구리를 봤거든. 근데 그 개구리가 네 옷을 입고 있었어. 난 또 네가 개구리가 된 술 알고……."

엄마는 좀 전의 일을 믿지 않으려 했다. 하지만 준희가 개구리 인간이 된 건 부인할 수 없는 사실이었다. 왠지 엄마도 그것을 알고 있는 듯했다. 다만 준희가 그런 끔찍한 존재가 됐다는 걸 받아들이고 싶지 않은 거겠지. 심지어 엄마는 아무 일 없었다는 듯 준희에게 갈아입을 옷을 건네며 얼른 등교하라고 했다.

"어제 학원 숙제는 다 했어? 확인한다는 걸 깜빡했네."

'엄마는 정말 아무렇지 않을까? 이 상황에서도 학원 숙제를 걱정하다니.'

그간 엄마 말은 어떻게든 따르려고 했다. 그러나 오늘은 왠지 '네' 소리가 나오지 않았다. 엉뚱하게도 준희는 이 말이 하고 싶어졌다.

"개굴."

엄마 얼굴이 삽시간에 창백해지더니 놀란 눈으로 준희를 뚫어져라 처다봤다.

"준희야, 너 방금 뭐라고……!"

"개굴."

엄마는 입을 다물지 못했다. 준희는 그런 엄마를 향해 온몸이 흔들리도록 소리쳤다. 개굴개굴 개굴개굴 개굴개굴 개굴개굴!

"학원 그만 다닐래!"

준희는 씩씩거리며 숨을 골랐다. 한 번도 엄마한테 맞선 적 없던 착한 아들. 오늘은 착한 아들을 포기해도 될 것 같았다.

"하루에 몇 시간씩 학원 다니는 거 너무 힘들어. 다른 애들보다 더 잘해야 하는 것도 싫고, 늘 바르게 지내는 것도 힘들어. 내가 하고 싶은 건 이게 아닌데, 이제까지 엄마 시키는 것 열심히 했잖아. 나도 내가 하고 싶은 걸 하고 싶어! 나 좀 그만 괴롭혀!"

엄마는 넋이 나간 얼굴로 준희를 빤히 보았다.

“준희야, 널 괴롭히는 게 아냐. 다 너 잘되라고 하는 말이야. 그리고 네가 하고 싶은 게 공부야. 너는 어릴 때부터 공부를 좋아해서…….”

“아니! 난 춤을 추고 싶어!”

왜 갑자기 춤 얘기가 나왔는지 모르겠다. 다만 준희는 정말로 춤이 추고 싶어졌다. 좋아하는 음악에 맞추어 몸을 흔들 때, 땀에 흠뻑 젖는 줄도, 시간 가는 줄도 몰랐으니까. 몸 어느 곳도 가렵지 않았으니까.

엄마는 준희 말을 들어주지 않았다. 준희도 그 한마디에 엄마가 바뀔 거라고 생각하지 않았다. 하지만 준희라고 쉽게 물러설 생각은 없었다. 더는 그 많은 스케줄을 소화하지 못하겠다며, 당분간 학원을 쉬겠다고 맞섰다.

엄마와 큰소리를 내며 다투기도 했다. 착한 준희가 변했다며 엄마는 눈이 뒤집힐 듯 화를 쏟아 냈지만, 준희 마음은 그 모든 걸 이겨낼 정도로 단단해졌다.

학교에서도 변화가 있었다. 점심시간에는 캐치볼을 하러 나갔다. 유니콘처럼 보이려는 노력도 그만뒀다. 아이들은 준희의 변화를 놀라워했지만 싫어하지는 않았다. 준희는 여전히 친구들과 사이좋고 매사에 열심히 하는 멋진 아이였으니까. 다만 친구들과 장난을 치다가 선생님에게 지적받는 일은 늘었다.

'뭐 어때. 어떻게 늘 모범생으로 살아?'

준희가 가장 기다리는 시간은 댄스 동아리에 가는 시간이다. 2학기에 있을 학예회를 위해 연습하고 있다.

전보다 학교 가는 발걸음이 가벼웠다.

여느 때처럼 기분 좋게 눈 뜬 아침. 어쩐지 평소보다 밖이 어두웠다. 창가에 빗방울이 가득 맺혀 있었다. 준희는 거실로 나갔다. 웬일로 엄마가 주방에 없었다. 하나부터 열까지, 모든 일에 철두철미한 엄마였다. 회사에서도 일 잘하기로 소문난 엄마는 준희 아침밥 챙기는 일에도 매번 정성을 쏟았다.

'이 시간이면 주방이 요리하는 소리로 시끄러워야 하는데?'

준희는 안방으로 발길을 옮겼다. 혹시 엄마가 아픈지 걱정을 하며 방문 앞에서 노크를 하려던 찰나.

"개굴."

'뭐지? 잘못 들었나?'

준희는 뛰는 가슴을 진정시키고 귀를 기울였다. 거짓말처럼 또 한 번 들려왔다.

"개굴."

뒤통수를 망치로 쾅 맞은 듯했다.

신선한 충격이었다.

준희는 차마 문고리를 돌리진 못했다. 대신 발소리를 죽여 방으로 돌아왔다. 옷을 갈아입는데 피식 웃음이 나왔다. 엄마도 일생에 한 번쯤은 개구리가 될 필요가 있다. 그래야 다른 개구리의 마음도 조금은 알게 되지 않을까.

"다녀오겠습니다!"

준희는 큰 소리로 인사하고 현관을 나섰다.

'삼신병원이랬나? 아직 진료하겠지?'

비가 내렸다.

어디선가 개구리 합창 소리가 들리는 것 같았다.

덧니가 너무해

그게 다 덧니 때문이었다.

체육 수업이 끝난 3교시였다. 유독 날이 더워 아이들은 땀에 절어 있었다.

"선생님, 아이스크림요! 아이스크림!"

누구랄 것도 없이 선생님을 졸라 댔다. 지난번 공개 수업 때 열심히 한 보상으로 '언젠가 맛있는 거 쏘겠다'는 선생님의 한마디를 다들 귀신같이 기억했다. 선생님이 주먹을 불끈 쥐었다.

"그래, 바로 오늘이다! 먹자, 아이스크림!"

준희와 아이들이 학교 앞 편의점으로 달려갔다. 애들이 얼음처럼 찬 아이스크림을 품고 돌아온 순간, 모두의 얼굴이 눈꽃처럼 폈다. 선생님이 하하 웃으며 말했다.

"고르려고 하지 말고, 주는 대로 먹어. 알았지?"

흰 볼이 태양에 빨갛게 익은 다윤이는 손부채질을 하고 있다가 준희가 스윽 건넨 아이스크림을 받아 들었다. 초코 맛이 아니었다. 다윤이는 입술을 살짝 내밀었다. 마침 옆자리 희도가 초코 맛을 받았다. 다윤이는 고개를 살짝 기울인 채, 희도 아이스크림을 빤히 보았다.

"초코 맛있겠다."

희도가 다윤이를 힐끗 보더니 아이스크림을 조심스레 뒤집어 건넸다.

"바꿀래? 나 딸기 맛 좋아해."

"진짜?"

다윤이 눈이 초승달처럼 휘어졌다. 다윤이는 유리알처럼 반짝이는 눈으로 고개를 빠르게 끄덕였다. 희도가 껍질을 까 주었다.

"맛있겠다! 고마워!"

희도가 웃었다.

"아무튼 초코 귀신이라니까."

"내가 뭘."

입술을 씰룩거리면서도 다윤이 입꼬리와 눈은 웃고 있었다. 다윤이는 아이스크림을 몇 번 빨아 먹다가 한 입 크게 베어 물었다. 그때였다.

"아야!"

송곳니에서 갑작스러운 통증이 느껴졌다. 다윤이는 오른쪽 턱을 감쌌다. 아이스크림에 돌이라도 든 걸까? 그렇다기엔 통증은 칼로 찌르듯 날카로웠다. 딱딱한 걸 씹을 때의 아픔과는 분명히 달랐다.

다윤이는 미간에 힘을 준 채 잇자국이 난 아이스크림을 보았다. 잇몸이 찢어진 건 아닌지 혀로 핥아 보기도 했다.

"왜? 뭐 씹혔어?"

희도가 물었다.

"이가 아파서. 돌 씹은 줄 알았네."

"어디 봐."

다윤이는 희도 쪽으로 작게 입을 벌렸다.

"피 나?"

희도는 아무 말 없이 몸을 조금 기울였다. 숨결이 닿을 듯 가까운 거리였다. 희도의 긴 속눈썹이 눈에 띄었다. 다윤이는 숨을 '흡' 참았다. 그사이 희도는 섬세한 눈빛으로 찬찬히 입안을 살폈다. 시선이 한 군데 오래 머물기도 했다. 이윽고 희도가 몸을 바로 했다. 눈썹을 가린 머리를 쓸어 넘기며 말했다.

"흐음, 충치 하나 때운 거 말고는 문제없는데. 아, 입 냄새 나는

거하고?”

희도의 까만 눈동자에 장난기가 반짝거렸다.

“야!”

“장난, 장난.”

희도가 하하 웃으며 미안하다고 양 손바닥을 싹싹 비볐다. 다윤이도 몇 번 희도 옆구리를 때리는 척하고 말았다. 옆에서 지켜보던 아라가 눈을 가늘게 뜨며 물었다.

“니네 둘 사귀지?”

다윤이는 펄쩍 뛰었다.

“야! 내가 김희도랑 왜 사귀어!”

“서로의 입속까지 봐 주는 사이면서 안 사귄다고?”

아라는 믿을 수 없다는 눈빛이었다. 하지만 그건 몰라서 하는 소리다.

“악어랑 악어새 같은 거야.”

친하니까 가능한 일이지, 사귄다고 되는 일이 아니다. 엄마끼리 친한 사이라 다윤이와 희도는 걸음마 하기 전부터 함께 지냈다. 상대가 어떤 기저귀를 찼는지도 아는 사이랄까.

심지어 작년에 희도가 은혜랑 사귀다가 차여서 세상 다 끝난 사람처럼 축 처져 있을 때도 희도 옆엔 다윤이가 있었다. 그런 희도가 몇 달 뒤엔 다윤이의 연애 고민을 들어 줬다. 형준이와 뭔가 될 것 같았었다. 하지만 썸만 타다 형준이는 전학을 가 버렸다. 그날 밤, 다윤이는 이불을 덮어쓰고 펑펑 울었다. 베개의 눈물이 다 마르기도 전에 아무 일 없다는 듯한 얼굴로 학교에 갔지만.

이렇듯 서로의 속사정을 다 아는 사이인데 사귀는 사이냐니. 다윤이와 희도 13년 우정에 그럴 일은 절대 없다. 아라는 그것도 모르면서 또 한마디 던졌다.

"희도 너는? 아무리 봐도 네가 악어 같진 않고, 그럼 악어새?"

"와, 장아라 진짜 뭘 모르네. 내가 악어새야. 김희도가 악어고."

"뭔 소리? 입 딱 벌리고 있는 폼이 네가 악어고, 희도가 악어새 같던데."

둘이 투덕거리는 사이, 희도는 딸기 맛 아이스크림만 먹었다. 자기는 아무것도 모른다는 듯 순진한 미소만 지은 채. 그래서 다윤이도 아라도, 실은 희도가 다윤이만 보고 있다는 걸 눈치채지 못했다.

집으로 돌아오는 길에도 송곳니가 신호를 보내듯 욱신욱신 아렸다. 다윤이는 걸음을 멈추고 뺨을 조심스레 매만졌다. 같이 학원으로 향하던 희도가 돌아봤다.

"왜? 아직도 아파?"

희도가 허리를 살짝 구부려 다윤이 표정을 살폈다. 다윤이는 인상을 쓴 채 고개를 끄덕였다.

"어떡하냐. 치과 가 봐야 하는 거 아니야?"

희도의 말투가 걱정스러운 것과는 별개로, 다윤이는 발끝까지 소름이 끼쳤다.

'치과?'

절대 가고 싶지 않았다. 어릴 때 충치 치료를 받으러 갔을 때의 기억이 떠올랐다. 입을 벌리고 누워 있자 귓가에 드릴 소리가 '윙'하고 울렸다. 잇몸을 찌르는 느낌, 뼛속까지 전해지는 그 진동. 태어나서 처음으로 느껴 보는 고통이었다. 그런데 그 고통을 또 느끼라고? 고작 이가 조금 아픈 것 때문에? 다윤이는 고개를 도리도리 저었다.

"괜찮겠지?"

다윤이는 "괜찮겠지?"라는 말을 희도에게 세 번도 넘게 했다. 이가 아픈 것을 절대 인정하지 않겠다는 듯 말이다.

"그러다 더 큰일 만들지 말고, 그냥 가 봐."

"자기 일 아니라고 참 쉽게도 말한다."

다윤이는 휴대폰을 꺼내 '송곳니 치료'를 검색했다. 주르륵 뜨는 내용을 보고 있으니 심장이 미끄럼틀을 탔다.

"넌 치과 치료 안 받아 봤잖아. 알지도 못하면서."

희도는 절대 모를 거다. 치아가 타고나길 튼튼해서 정기 검진만 받았을 뿐 한 번도 아픈 적이 없었으니까. 이가 아픈 건 그 어느 것과도 비교할 수 없는 불쾌한 경험이었다.

다윤이가 휴대폰만 들여다보자 희도가 슬쩍 가져갔다.

"아, 왜?"

"그렇게 겁나면 내가 같이 가 줄게. 나 붙잡고 있어. 넌 입만 '아'하고 벌리고."

"치, 됐어. 안 갈 거야, 치과는."

그렇게 말하면서도 다윤이는 얼굴을 감싸 쥐고 신음을 흘렸다. 안 가겠다는 마음은 단단했지만, 송곳니에서 전해 오는 아픔이 자꾸만 그 결심을 흔들었다.

그래도 희도의 말은 좋았다.

'자길 붙잡고 있으라고? 자기가 뭔데? 흥.'

콧방귀가 나오면서도 이상하게 든든했다.

…… 그래도 치과는 안 갈 거지만.

다윤이는 틈만 나면 입안을 들여다보았다. 정작 아픔이 느껴지는 부위는 멀쩡했다. 충치도 없고, 잇몸에서 피가 나는 것도 아니었다. 송곳니는 흔들림 없이 튼튼했다. 딱 하나만 빼고.

“어?”

거울을 들여다보던 다윤이가 뭔가를 눈치챘다. 입을 더 크게 벌리고 그 부위를 다시 살폈다. 송곳니 옆에 작고 하얀 무언가가 볼록 튀어나와 있었다. 다윤이는 오른손으로 입술을 올리고, 고개를 거울 쪽으로 더 기울였다.

좁쌀만 한 그것이 잇몸과 이 사이에 딱 붙어 있었다. 손으로는 만져지지 않았고, 혀를 갖다 대자 찌릿 통증이 퍼졌다.

‘이거였구나.’

다윤이는 그걸 떼어내 보려 했다. 양치도 해 보고, 이쑤시개도 썼다. 소용없었다. 마치 누가 접착제로 단단히 붙여 놓은 것처럼 그것은 꼼짝도 하지 않았다.

다윤이는 결국 참지 못하고 엄마에게 아프다고 말을 했다. 하지만 엄마는 아무리 살펴도 다윤이가 말한 그것을 찾지 못했다.

“대체 뭐가 있다는 거야?”

“자세히 보라니까. 여기 있잖아.”

엄마는 이맛살을 찌푸린 채 다윤이 입안을 한참 들여다보다가 손을 저었다.

“아이, 답답해. 이리 와 봐.”

다윤이는 엄마를 거울 앞으로 데려갔다. 입을 아 벌리고 아까 그 하얗고 작은 것이 있던 자리를…….

"어? 없네?"

있어야 할 자리에 그것이 없었다. 엄마가 인상을 썼다.

"이 제대로 안 닦아서 뭐 껴 있던 거 아니야?"

"엄마는 날 뭘로 보고! 나 양치질 잘해! 그리고 그거 빼려고 내가 양치질을 몇 번이나 했는데."

다윤이는 거울을 보고 또 봤다. 분명 아까까지만 해도 입안에 있었는데 지금은 아무것도 없었다. 이리 벌리고, 저리 돌리고, 아랫입술까지 당겨가며 샅샅이 살폈다.

"이상하네……."

자는 사이에 빠졌을까? 이상한 예감은 좀처럼 사라지지 않았다. 엄마는 '우리 애기가 걱정이 많다'며 어깨를 토닥였다.

'엄마는 내가 아직 어린앤 줄 알아.'

걱정이 많아서가 아니었다. 정말로 아팠다니까. 그런데 왜 엄마에게는 보이지 않았을까?

일이 벌어진 건 다음 날 아침이었다. 다윤이는 하품을 하며 화장실로 향했다. 거울 앞에서 이를 닦으려 입을 쩍 벌리는 순간, 사라졌던 그것이 다시 모습을 드러냈다. 더 크고 더 날카롭게. 마치 하룻밤 사이에 불쑥 자라기라도 한 것처럼.

그것은 덧니였다.

송곳니 바로 옆에 잇몸을 뚫고 삐쭉 솟아올라 존재감을 뿜뿜 뿜어내는 덧니. 어찌나 뾰족한지 꼭 사자나 호랑이의 송곳니 같았다. 엄마는 그제야 그것을 알아보고 깜짝 놀랐다.

"언제 이런 게 생겼대?"

엄마는 이럴 게 아니라 당장 치과부터 가자고 했다. 다윤이도 덜컥 겁이 나서 엄마를 따라나섰다.

다윤이 덧니를 본 치과 의사는 엑스레이를 찍고, 대포 같은 사진기를 꺼내 여러 각도로 사진을 찍고서는 말했다.

"큰 병원에 가 보는 게 좋을 것 같아요."

차트를 덮으며 의사는 마른 손을 비볐다.

"덧니가 너무 커요. 뽑는 도중에 출혈이 심해질 수도 있고, 잇몸 뼈가 무너질 수도 있거든요."

다윤이는 눈을 깜빡였다. 머릿속이 텅 비었다. 그렇게나 심각할 거라고? 불현듯 소름이 돋고 심장이 쿵 떨어졌다. 다윤이는 빨개진 눈으로 엄마를 보았다.

"엄마, 나 어떡해?"

"괜찮을 거야. 너무 걱정하지 마. 큰 병원 가 보자."

하지만 엄마의 안색 또한 여전히 어두웠다.

다윤이는 약국에서 마스크를 샀다. 입을 벌렸다가 그 커다란 덧니가 보이기라도 하면…… 상상만으로도 끔찍했다.

'왜 하필 나한테 이런 일이…….'

수학 수업이 한창이었지만, 다윤이는 교과서를 한 장도 넘기지 못했다. 혀끝이 자꾸만 덧니를 더듬었다. 걸리는 곳도 없고 아프지도 않은데, 단단한 게, 뭔가 이상한 게 자라고 있는 게 느껴졌다. 다윤이는 책상에 이마를 툭 박았다. 별난 사람들이 나오는 유튜브 채널에 나가야 할 판이었다.

책상 위에 작은 쪽지 하나가 톡 하고 떨어졌다.

괜찮아?

희도가 선생님 몰래 던진 쪽지였다. 다윤이가 고개를 돌리자 희도는 이쪽을 슬쩍 바라보았다. '감기 걸렸어?'하고 입 모양으로 물었다. 검지로 입을 콕콕 가리켰다. 왜 마스크를 썼냐는 뜻이었다. 다윤이는 대답 대신 깊은 한숨을 쉬었다. 말 시키지 말라는 뜻이었다. 그러곤 다시 고개를 돌려 교과서에 시선을 고정했다.

희도가 수업 내내 칠판 대신 다윤이만 지켜본 것도 모르고.

하필 오늘 같은 날, 진짜 신경 쓰이는 일이 터졌다.

점심시간에 옆 반 선아가 "잠깐만 보자."며 다윤이를 화장실로 불러냈다. 가뜩이나 꿀꿀해서 누구랑도 얘기하고 싶지 않았는데, 선아가 '엄청 중요한 얘기'라고 해서 마지못해 따라갔다.

"뭔데."

다윤이는 눈을 반쯤 내리깔고 말했다. 선아 옆으로 아라가 있었다. 둘은 붙어 다니는 게 습관이자 본능 같았다.

진짜 중요한 얘기라면 교실에서 말해도 될걸. 굳이 사람들 피해 화장실로 불러낸 이유는 뭘까. 뭔가 수상한 냄새가 났지만, 궁금하지는 않았다. 불러 놓고 정작 선아는 입을 쉽게 열지 않았다. 얼굴은 빨개졌고, 눈동자는 화장실 문 쪽을 바라봤다. 아라는 문 앞에 서서 다른 애들이 못 들어오게 막고 있었다.

"빨리 말해. 뭔데 그래."

뭔 말을 하려는 건지. 다윤이는 휴대폰을 꺼내 시간을 확인하곤 다시 주머니에 쑤셔 넣었다. 한참 뜸들이던 선아가 간신히 입을 열었다.

"저기…… 너랑 희도 말이야. 악어랑 악어새 관계라며? 아라한테 들었어."

다윤이는 눈썹을 찌푸렸다.

"뭐?"

아라가 거들었다.

“둘이 사귀는 거 아니라며. 마음도 없다며. 맞지?”

“그게 왜?”

목소리가 평소보다 한 톤 높게 튀었다. 선아가 숨을 들이쉬더니, 떨리는 목소리로 말했다.

“그럼, 내가 희도 좋아해도 돼?”

순간, 귀에서 윙 하는 소리가 들렸다. 마치 치과에서 들었던 드릴 소리처럼. 방금 무슨 말을 들은 거지?

“나 희도 좋아해. 희도랑 사귀고 싶어.”

선아 말이 귓가가 얼얼하도록 또렷하게 박혔다.

화장실에서 나온 후 다윤이는 바닥만 보고 걸었다.

풀리지 않는 숙제를 받은 것 같았다. ‘희도를 좋아한다고? 왜? 어째서 희도 같은 애를 좋아하는 건데?’ 이해하고 싶은 마음보다는 물음표만 잔뜩이었다.

‘좋아하면 좋아하는 거지, 그걸 왜 나한테 말해?’

다윤이가 둘이 사귀지 말라고 한 것도 아니고, 희도가 다윤이 것도 아니다. 그런데 왜 선아는 다윤이 허락이라도 받으려는 듯 굴었을까?

‘웃기지도 않아.’

다시 화장실 일이 생각났다. 선아의 말에 다윤이는 멈칫하다

얼마든지 그러라고 했다. 선아는 얼굴이 발그레해졌다. 그러면서도 희도에게는 자기가 좋아한다는 걸 비밀로 해 달라고 했다. 바라는 것도 많지. 그래도 그러겠다고 했다. 지금 다윤이는 '그깟 일'에 신경 쓸 겨를이 없으니까. 이놈의 덧니 때문에.

어떻게 시간이 흘렀는지도 모르게 하교 시간이 되었다. 그런데 옆에서 걷는 희도가 계속 거슬렸다. 희도가 덧니도 아닌데.

"아이스크림 먹고 갈래? 초코 맛."

아무것도 모르는 희도는 정말로 아무것도 모르는 얼굴로 물었다. 눈썹이 팍 찌푸려졌다.

'넌 왜 아무것도 모르는데?'

"됐어, 안 먹어. 나 마스크 쓰고 있는 거 안 보이냐?"

다윤이는 볼을 부풀리고 뚜벅뚜벅 걸었다. 오늘따라 밝은 햇살도, 지저귀는 새소리도 성가시기만 했다. 희도가 멋쩍게 어깨를 으쓱했다.

"희도야!"

귀에 익은 목소리에 고개를 돌렸다. 선아와 아라였다. 둘이 이쪽으로 달려왔다. 그러곤 다윤이를 슬쩍 봤다.

'눈치껏 빠지란 소린가? 내가 왜?'

다윤이는 눈치라곤 다 팔아먹은 사람처럼 있고 싶었다. 선아가 희도에게 물었다.

"희도야, 어디 가?"

"나? 집에 가는 길인데."

"잘 됐다! 나도 집 가는 길이야. 우리 같이 갈래?"

다윤이는 몰래 코웃음을 흘렸다. 선아 집은 같은 방향은커녕 정반대였다. 자기도 모르게 선아 쪽을 흘겨본 순간이었다.

"아……!"

덧니가 묵직하게 쑤셨다. 다윤이는 신음을 흘리며 턱을 감싸 쥐었다. 이번에도 참기 힘들었다. 다윤이가 고통스러워하자 선아가 놀란 듯 다가왔다. 그러나 선아의 눈동자는 희도에게만 머물렀다. 그리고 희도는 다윤이만 바라보았다.

"뭐야. 왜 그래? 이 아파? 어제도 그랬잖아."

희도가 다윤이의 턱에 손을 대려 했다. 순간, 누가 건드리면 터질 것처럼 고통이 한꺼번에 밀려들었다. 눈앞이 하얘져 저도 모르게 희도 손을 쳐 냈다. 희도 눈동자가 커졌다. 내쳐진 손을 급히 거두더니 한발 물러났다. 다윤이는 사과하려다 문득 희도 옆에 딱 붙은 선아 모습을 보았다.

희도의 목도.

햇볕에 그을린 매끄럽고 단단한 희도의 목선이 이상하리만치 또렷하게 보였다. 다윤이 입술이 들썩거렸다. 코가 벌름거렸다. 송곳니로 확 깨물면!

‘…… 뭐?’

다윤이는 눈을 부릅떴다.

‘내가 지금 무슨 생각을 하는 거야?’

목이 타들어 갔다. 이가 근질거렸다. 여기 더 있다간 정말로 이상한 일을 저지를지도 몰랐다.

“나, 나 먼저 갈게!”

다윤이는 그 자리를 도망치듯 빠져나왔다.

‘미쳐도 단단히 미쳤지.’

다윤이는 얼굴이 화끈거렸다. 어쩌자고 그런 생각을 했을까?

하긴 요즘따라 다윤이는 자신이 조금 이상하다는 생각을 종종 했다. 갑자기 아무것도 하기 싫고 다 귀찮아질 때가 잦았다. 엄마하고는 늘 잘 지냈는데, 요새는 짜증을 낼 때가 많아졌다. 엄마는 다윤이가 날카롭게 굴 때면 딸이 갑자기 변한 것 같다며 섭섭해했다. 잘 지내던 친구랑도 신경전을 벌였다. 그 재밌는 피구도 하기 싫어서 벤치에 앉아 있었다.

사춘기라서 그런 걸까? 다윤이는 고개를 저었다. 모든 걸 사춘기라는 말로 퉁치고 싶지는 않았다. 그런 와중에 이상한 덧니까지 났다.

희도가 좋다는 선아가 웃겼다.

“걔가 뭐가 좋다고.”

돌이켜 보면 희도는 여자애들에게 꽤 인기 있었다. 다정다감하다나 뭐라나. 고개를 갸우뚱하게 만드는 평가였다. 다윤이 생각과는 별개로 여자애들은 희도를 힐끔거렸다. 희도와 은혜가 깨졌을 때, 욕먹은 쪽도 은혜였다.

희도를 오롯이 친구로 보는 사람이 있다면, 다윤이가 유일할 것이다.

그나저나 왜 이렇게 목이 마를까? 희도와 헤어진 후부터 입이 바싹바싹 말랐다. 다윤이는 마스크를 확 벗고 주위를 둘러보았다. 생각에 빠져 아무렇게나 걷다 보니 처음 보는 골목으로 와 버렸다. 여긴 어디지? 근처에 편의점 없나? 초코 맛 아이스크림은 아니더라도 뭐라도 목을 축이고 싶은데.

“아이, 더워. 요즘엔 봄이 없네, 봄이 없어.”

피부가 투명하리만치 하얀 남자가 손부채질을 하며 지나갔다. 입고 있는 분홍색 옷은 간호사복 같았다.

남자는 손에 빨간색 아이스크림을 들고 있었다. 평소에 딸기 맛 복숭아 맛은 질색했는데, 왜 자꾸 침이 꿀꺽 넘어가는지 몰랐다. 아이스크림에서는 이상하게 비릿한 냄새가 났다. 마치 피 냄새 같았다.

발길이 절로 움직였다. 그 아이스크림을 어디서 샀냐고 물어

보고 싶었는데, 남자 발걸음이 너무 빨랐다. 다윤이는 따라가는 것만으로도 숨이 찼다.

남자가 어느 건물로 쏙 들어갔다. 엘리베이터를 타길래 다윤이도 덥석 타 버렸다. 남자는 아이스크림을 맛있게도 먹었다. 찹찹, 춥춥. 다윤이는 빨간색 아이스크림을 뚫어져라 보았다. 계속 보고 있으니 눈동자가 빙글빙글 도는 듯했다.

남자는 다윤이 시선을 눈치챘는지 잠깐 멈칫했다.

"아, 이게…… 요즘 인기라서…… 호호."

웃긴 했지만, 어딘가 쭈뼛쭈뼛했다.

"나눠 주고 싶어도 진짜 몇 개 없어서, 호호……."

남자는 비닐봉지를 뒤적이며 아이스크림 개수를 세기 시작했다. 그 와중에도 슬쩍 다윤이 쪽을 보더니 이내 다시 손으로 시선이 내려갔다. 뭔가 더 말하려다 마는 듯 입술이 살짝 벌어졌다가 다물어졌다.

하얀 목덜미를 보는 순간, 다윤이는 목 언저리가 뜨거워졌다.

"아니에요…… 아이스크림은 괜찮은데, 그보다 더, 더는……."

눈앞이 해롱해롱, 심장이 벌떡벌떡, 이는 근질근질.

"으으으……."

다윤이 눈빛이 한순간에 돌변했다. 안 그래도 흰 남자 얼굴이 더 창백해졌다.

“히익! 드, 드디어 시작됐네!”

“크앙!”

다윤이가 남자에게 달려들었다. 마침 땡, 엘리베이터 문이 열렸다.

“으, 으악! 백이 살려!”

남자는 걸음아 날 살려라 냅다 뛰었다.

“크아앙!”

다윤이는 야수처럼 으르렁거렸다. 눈동자가 흰자위 없이 까맣게 변했다.

백이는 병원 문을 열자마자 문을 걸어 잠갔다. 다윤이는 문이 부서져라 쾅쾅 두드렸다.

“쌤, 쌤! 어서요! 환자가 왔어요!”

백이가 소리치자 진료실 문이 벌컥 열렸다.

“고생했다, 백이야! 어서 아이스크림을 하나 던져!”

백이는 봉지에서 아이스크림을 꺼내 삼신에게 던졌다. 삼신은 아이스크림을 까서 그 위에 액체를 뿌렸다.

“자, 이제 문을 열어. 급하다!”

“네!”

문이 활짝 열렸다. 다윤이가 백이를 향해 달려들었다. 백이가 눈을 질끈 감는 순간!

환상통증

"아앙?"

다윤이가 깨문 것은 백이의 목덜미가 아니었다. 삼신이 씨익 눈웃음을 지으며 아이스크림을 한 입 크게 베어 문 다윤이를 맞이했다.

"어서 오세요. 삼신병원입니다."

검게 물들었던 다윤이 눈동자가 점점 원래대로 돌아왔다. 어느새 다윤이는 아이스크림을 우물우물 베어 물며 눈을 깜빡이고 있었다.

다윤이는 아이스크림을 몇 번 꼭꼭 씹었다. 어지러웠던 머리가 천천히 맑아지는 느낌이었다. 이가 더는 아프지 않았다. 대신, 입안 가득 차오르는 단맛이 조금은 슬픈 맛 같기도 했다.

'환상통증을 치료하는 병원이라고?'

의사가 잠깐 진료를 보고 가라기에 따라 들어왔지만, 딱히 할 말은 없었다.

다윤이는 의사 앞에 앉아 괜히 진료실 천장만 올려다보았다. 전등에 죽은 벌레가 끼어 있었다. 거미가 빠르게 지나간 것 같기도 하다. 그 옆으로 별 모양 스티커도 붙어 있었다. 다윤이는 한 손으로 팔꿈치를 문지르며 진료실 안을 두리번거렸다. 벽에 붙은 인체 해부도를 보는 순간 왠지 의사 선생님과 눈 마주치기가 꺼려졌다. 괜히 본 명찰에는 삼신이라 쓰여 있었다.

삼신이 안경 코를 들어 올리며 물었다.

"요즘따라 괜히 짜증이 나고 입맛도 없고 그래요?"

다윤이는 움찔 몸을 떨었다.

"네? 아……."

괜히 몇 번 헛기침만 하다가 말했다.

"아까는 죄송해요."

삼신은 빙그레 미소 지으며 고개를 저었다. 그 미소에 다윤이의 움츠렸던 어깨가 조금 풀렸다.

"혹시 입 좀 벌려 볼 수 있을까요?"

"이, 입이요? 안 되는데……."

"덧니 상태 좀 보려고 해요."

다윤이는 얕은 숨을 들이켰다. 눈이 두 배는 커졌을 거다.

"어떻게 아세요?"

"나도 그런 적 있거든요. 누구나 한 번쯤 덧니가 나니까."

"정말요?"

"그럼요."

말이 안 되는 얘기라고 생각했지만 믿음이 갔다. 삼신의 주름진 손이 따뜻해 보였다. 다윤이는 의자를 조금 당겨 앉았다. 삼신에게 진료를 받고 나면 덧니도, 마음속 무언가도 조금은 덜 아플 것 같았다. 입을 벌리자 삼신이 의료용 손전등을 들고 입안을 구석구석 살폈다.

"덧니가 많이 자랐네요. 용케도 피를 안 빨고 견뎠어요. 얼마나 힘들었을까."

"피, 피요?"

"누군가의 목덜미를 확 물어버리고 싶었을 텐데."

다윤이가 입을 다물지 못하자 삼신이 다 안다는 듯한 눈으로 침대를 가리켰다.

"누워 봐요. 일단 수혈을 좀 해 줄 테니."

"수혈이요?"

"아까 아이스크림에도 조금 발랐어요. 성분만 같은 가짜 피니까 안심해요. 맞고 나면 덧니가 가라앉을 거예요. 그냥 두면 오늘 밤에는 누구 하나 물고 말 텐데요?"

삼신이 장난스럽게 입꼬리를 당겼다.

'누군가를 물게 될 거라고?'

간호사를 공격했던 일이 떠올랐다. 다윤이는 잽싸게 침대 위에 누웠다.

"따끔해요."

삼신이 빨간 주사액을 다윤이 팔에 놓으며 말했다.

"원래 그래요. 갑자기 친구가 사랑으로 보이기도 하고. 그런데, 그래도 돼요."

삼신은 약 봉투를 내밀었다. 빨간 사탕들이 봉투 안에서 반짝였다.

"힘들 때 하나씩 까먹어요. 증상이 나아질 테니. 하지만 그보다 중요한 건."

삼신이 다윤이 눈을 빤히 들여다보았다.

"자기 마음에 솔직해지는 거예요."

집으로 돌아오자, 놀랍게도 입안에서 덧니가 느껴지지 않았다. 거울로 확인해 보니 정말로 덧니가 사라지고 없었다.

"엄마, 엄마! 이거 봐!"

다윤이는 입을 크게 벌렸다. 덧니가 정말 사라졌다. 엄마가 눈을 비볐다. 믿지 못하겠다는 듯 조심스레 손끝으로 다윤이 뺨을 어루만졌다.

다윤이는 병원 이야기는 꺼내지 못했다. 이상한 병원에서 빨간 사탕을 받고 조금 울 뻔했던 이야기는 다윤이만 조용히 간직하기로 했다.

다음 날, 등교하는 발걸음이 가벼웠다. 다윤이는 하얀 이를 드러내며 친구들과 인사했다. 어제는 마스크를 쓰고 있어도 입 벌리기가 싫었다. 오늘은 그럴 필요가 전혀 없었다. 입안이 다 보이도록 크게 웃었다.

그런 다윤이를 보고 희도가 물었다.

"기분 좋아 보이네? 어젠 다 죽은 사람처럼 굴더니."

"좋지, 그럼. 안 좋을 일이 뭐 있어?"

다윤이는 희도와 보드게임을 했다. 점심시간에는 피구도 실컷 했다. 역시 희도랑은 이렇게 지내야지. 오래된 잠옷 같은 이 기분. 절로 마음이 놓이는 느낌. 희도는 소꿉친구다. 아무렴, 소꿉친구고 말고.

땀을 뻘뻘 흘리고 교실로 올라올 때였다.

"다윤아, 안녕?"

은혜였다.

'잠깐! 은혜가 웬일로 먼저 인사를?'

"어, 은혜야. 안녕?"

아무렇지 않게 인사하면서도 머릿속은 바빠졌다. 희도 덕분에 친해졌다가 희도 때문에 서먹해진 사이. 희도와 은혜 두 사람이 헤어지고 나서는 복도에서 마주쳐도 모른 척하던 사이였다. 늘 먼저 고개를 돌린 쪽은 은혜였다.

그랬던 은혜가 오늘은 먼저 인사했다. 긴히 할 말이 있다며 시간을 좀 내 줄 수 있냐고. 다윤이는 눈썹을 살짝 찌푸렸다.

“뭔데?”

“그게…….”

은혜가 아랫입술을 말아 물더니 눈물을 뚝 떨구었다.

‘울어?’

마냥 달래 주고 싶지만은 않았다. 무슨 의미인지 알 수 없는 눈물이었다.

다윤이는 털레털레 교실로 돌아왔다.

“신다윤, 어디 갔다 이제 와?”

희도는 운동장에서 얼마나 신나게 놀았는지 이마에 땀이 송골송골했다. 다윤이는 희도를 흘겨봤다.

‘대체 뭘 어떻게 하고 다니길래 여기저기서 좋대?’

희도의 웃는 볼을 확 꼬집어 주고 싶었다.

은혜가 희도랑 다시 잘해 보고 싶다고 했다.

“네가 희도랑 친하니까 내 얘기 좀 해 줄 수 있어?”

아니, 그보다 갑자기 이러는 이유가 궁금했다.

“갑자기 왜?”

은혜가 주저하다 말했다.

“선아 때문에…….”

선아가 희도 주위를 맴도는 게 6학년에 퍼졌나 보다. 어쩌면 선아가 일부러 소문을 낸 걸지도 모른다. 선아 절친 아라도 희도에게 침이 마르도록 선아 칭찬을 했다.

은혜는 덧붙여 말했다.

"선아가 그러는 게 너무 싫어."

은혜는 시간이 지나면 희도가 다시 돌아올지도 모른다고 생각했단다. 그런데 선아라는 장애물이 자신과 희도 사이를 가로막는 것 같다고 했다.

다윤이는 어이가 없었다.

"니가 먼저 싫다고 찬 거 아니었어?"

"그땐 몰랐어. 희도가 괜찮은 아이인지."

지나고 보니 희도만 한 애가 없더라는 말에 다윤이는 이맛살을 찌푸렸다.

'그러게 있을 때 잘하지 왜 이제 와서?'

희도는 은혜와 헤어지고 엄청 힘들어 했다. 그걸 아는 다윤이로서는 은혜를 고운 눈으로 보기 힘들었다. 은혜 남친이기 이전에 다윤이의 절친이었다.

'희도를 아프게 해 놓고는 다시 잘 되게 도와달라고? 이건 아니지. 그런데, 왜 다들 희도가 좋대? 진짜 이상해…….'

다윤이는 희도를 노려보았다.

'왜 그렇게 걱정스러운 눈으로 날 쳐다보는 건데?'

“이가 아직 많이 아파? 보건실이라도 갈래?”

희도가 부드럽게 다윤이 옷깃을 붙잡는 순간.

“아!”

찌릿, 하고 올라오는 통증!

‘으아, 정말 미치겠다!’

다윤이는 턱을 감싸 쥐었다.

또다. 또 덧니가 났다. 그 순간, 눈에 확연히 들어오는 희도의 목선, 부드러운 콧대, 커다란 눈망울, 땀에 젖은 앞머리…….

“으아아아!”

다윤이는 비명을 지르며 정수대로 달려갔다. 벌컥벌컥 물을 들이켜도 타는 듯한 갈증은 사라지지 않았다. 이러다 희도를 확 깨물 것만 같았다.

‘힘들 때 하나씩 까먹어요.’

그렇지, 사탕! 다윤이는 교실로 달려가 허겁지겁 사탕을 꺼내 먹었다. 입안에서 세게 굴리자 진한 피 맛이 퍼졌다. 서서히 갈증이 잦아들었다. 뛰는 가슴도 잠잠해졌다. 그렇다고 희도를 제대로 볼 수 있는 건 아니었다. 또 언제 덧니가 돋을지 모르니까.

덧니가 난 건 희도 때문이었다.

잠이 오지 않았다. 낮에 있었던 일이 자꾸만 머릿속에서 맴돌

있다. 골치가 아팠다. 왜 자꾸 희도가 눈에 들어오는 걸까. 왜 자꾸 희도 피를 마시고 싶다는 생각이 들까.

다윤이는 이불을 걷어차고 일어났다. 거실로 나오니 엄마 아빠가 소파에서 각자 휴대폰을 보고 있었다. 엄마가 물었다.

"딸, 왜?"

"잠이 안 와."

"피곤하다더니."

다윤이는 소파에 털썩 앉았다. 엄마가 무슨 일이냐며 다윤이

머리를 쓰다듬었다. 아빠도 하던 걸 멈추고 다윤이를 보았다. 다윤이는 잠시 주저하다가 낮의 일을 꺼냈다.

"오늘 은혜가 날 찾아왔거든."

"은혜? 전에 희도랑 사귀었던 애?"

아빠의 말에 다윤이는 고개를 끄덕였다.

"은혜가 희도랑 다시 잘 되고 싶대."

다윤이는 코웃음이 났다.

"선아라는 애도 희도랑 사귀고 싶은데 나더러 도와달래. 내가 무슨 김희도 매니저야?"

아빠가 '오오' 소리를 냈다.

"희도 인기 많네?"

"인기 많으면 지가 많은 거지, 왜 내가 피곤해야 해? 짜증나, 정말. 아, 그리고 희도 엄마한테는 비밀이야."

"왜? 희도 엄마가 알면 엄청 좋아할 것 같은데?"

엄마는 이 모든 게 재밌기만 한 듯 피식피식 웃었다. 다윤이는 눈살을 찌푸렸다.

"희도가 아주 기고만장할 거 아니야. 희도가 잘난 척하는 거 보기 싫어."

"질투 나서 그러는 건 아니고?"

아빠의 물음에 다윤이는 발끈했다.

“질투는! 내가 왜?”

“너 유치원 다닐 때도 그랬잖아. 희도 좋다는 여자애들 때리고 다녀서 선생님한테 연락 왔었는데.”

“하! 내가?”

기억에 전혀 없는 일이었다. 그러나 아빠는 그때가 생각난다며, 딸내미가 아빠보다 희도가 좋다고 해서 큰 충격을 받았다고 했다.

“크면 희도랑 결혼할 거라더니.”

엄마도 쿡쿡 웃음을 흘리는 것으로 아빠 말에 동의했다. 다윤이만 절대 동의할 수 없는 얘기였다.

“아닌데! 나 희도 하나도 안 좋아하는데!”

다윤이는 씩씩거리며 방으로 돌아왔다. 잠이 안 와서 거실로 나갔다가 기분만 망치고 말았다. 잠이 더 달아난 듯했다. 침대에 누워 이불을 마구 걷어찼다.

“정말 너무하잖아!”

놀릴 걸 놀려야지. 엄마 아빠도 너무하고 은혜와 선아도 너무했다.

무엇보다 희도가 너무했다. 아니, 덧니 때문인가? 이 이상한 덧니만 아니었으면 생각도 안했을텐데. 다윤이는 한 번도 희도를 친구 그 이상으로 생각해 본 적 없으니까.

책상 서랍에 꽂힌 클리어 파일이 눈에 들어왔다. 유치원 시절 활동지를 모아 놓은 것이었다. 어릴 적엔 생일이면 친구들과 편지를 주고받았다. 희도가 준 편지도 있을 것이다. 다윤이는 책상 앞에 앉아 클리어 파일을 펼쳤다. 몇 장 넘겨 보니 역시나 있었다.

'생일 축하해, 다윤아! 우리 오래오래 친구 하자!'

삐뚤빼뚤한 글씨. 희도 편지를 보고 있으니 '그럼 그렇지'하는 생각이 들었다.

'우린 친구다. 영원한 친구. 희도랑 결혼이라니, 무슨 말도 안 되는…….'

"어?"

다음 장을 넘긴 다윤이는 또 다른 편지 한 장을 보았다. 다윤이가 희도에게 쓴 편지였다.

'희도야, 나 너 좋아해. 많이 좋아해! 우리 사귀자!'

눈을 의심했다. 다윤이는 미간을 찌푸리며 편지를 다시 한번 보았다.

'내가 이걸 썼다고? 전혀 기억에 없는데?'

그러나 글씨는 분명 다윤이 것이었다. 문득 스치고 지나가는 장면이 있었다.

'희도야, 넌 커서 누구랑 결혼할 거야?'

‘우리 엄마.’

‘엄마? 왜? 나랑 안 하고?’

‘내가 너랑 결혼을 왜 해? 우린 친구잖아. 친구끼린 결혼하는 거 아니야.’

친구끼리는 결혼하는 거 아니라니. 그럼 엄마랑은 해도 되나? 다윤이는 그날 희도에게 편지를 주려다가 포기했다. 어렴풋한 기억이지만, 그때 엄청 화가 나고 속상했었다. 무엇보다 슬펐던 감정의 흔적, 그것이 다시금 새록새록 떠오르는 듯했다.

짜증나고 입맛 없고 무기력하고. 지금 이 마음 또한 그때의 마음과 크게 다르지 않아 보이는데……. 선아, 은혜가 신경 쓰이는 이유도 그 때문일까? 그래서 이 덧니가 자꾸만 희도를 물고 싶어 하는 걸까?

다음 날 다윤이가 등교했을 때. 희도가 은혜와 선아 둘 사이에서 쩔쩔매는 풍경이 눈에 들어왔다.

두 사람이 희도에게 교과서를 빌리려는 모양이었다. 두 사람 다 국어 교과서를 빌려 달라 했다. 급기야 ‘네가 왜 희도에게 교과서를 빌리느냐’며 실랑이가 벌어졌다. 다윤이는 그 모습을 보니 갑자기 또 덧니가 시큰거렸다. 어제 같았으면 ‘또 저러네’ 하고 인상만 썼을 테다.

오늘은 달랐다.

"야! 김희도!"

다윤이는 불쑥 돌아난 덧니를 드러냈다. 전투력이 확 치솟았다. 성큼성큼 다가가 희도의 목덜미를, 아니, 손목을 잡아챘다. 놀란 선아와 은혜를 향해 선전포고하듯 말했다.

"희도 건드리지 마."

다윤이는 자기 국어 교과서를 두 사람에게 건넸다.

"갈라 쓰든 번갈아 쓰든 알아서 해."

그 말을 남기고 희도를 끌고 교실을 나왔다. 목적지도 없이 냅다 걸었다. 희도가 "이거 좀 놔!"라며 다윤이를 세웠다. 손목이 아픈지 인상을 쓰며 언성을 높였다.

"너 왜 이렇게 힘이 세? 그리고 갑자기 어디 가는데?"

다윤이는 희도 가까이 한 걸음 다가갔다. 그러곤 희도 목덜미를 확!

"이게…… 뭐야?"

무는 대신에 다윤이는 작은 편지 봉투를 내밀었다.

"너 주려고 쓴 거야. 아주 오래전에."

"나 주려고?"

다윤이 한 번, 편지 한 번. 희도의 눈길이 오갔다. 희도의 시선이 편지 봉투에 한참을 머물렀다. 할 말을 못 찾은 듯 입술을 살

짝 연 채 조심스럽게 편지 쪽으로 손을 내밀었다. 희도 손끝이 조금 떨렸고, 볼도 조금 발그레했다.

어젯밤, 다윤이는 유치원 때 차마 전해 주지 못한 그 편지에 몇 문장을 더 썼다. '아무래도 내가 널 좋아하는 것 같다고. 그러니 너 좋다는 여자애들이 나한테 도와달란 말 못 하게 하라'고.

희도를 좋아하게 될 거라고는 상상도 못 했는데.

어젯밤 가만 생각해 보니 다윤이는 줄곧 희도를 생각하고 있었다. 차마 좋아한다는 말을 하지 못해서 숨기고 또 숨겨 왔나 보다. 희도를 소꿉친구로만 생각했나 보다.

더는 그러고 싶지 않았다. 그 마음을 자꾸만 덮어 버리면 덧니가 더 길고 크게 자랄 것 같았다.

놀랍게도 희도에게 고백하겠다고 마음먹은 후부터 덧니 시큰거리는 게 사라졌다. 피를 마시고 싶다는 갈증도 없어졌다. 오늘 아침 거울 앞에서 확인하니 덧니는 송곳니 옆에 얌전히 자리한 채 다시 쌀알만 한 크기로 돌아와 있었다.

다윤이는 발걸음을 돌렸다. 희도가 친구로 남을지 사랑이 될지 알 수는 없지만, 우선은 덧니를 믿어 보기로 했다. 덧니는 다윤이의 일부이고, 솔직해질 수 있게 도와줬다.

다윤이는 주머니에서 피 맛 사탕을 꺼내 입에 넣었다. 오늘따라 피 맛 대신 진한 달콤함이 덧니를 타고 퍼져 나갔다.

칙칙한 회색은 싫어

창밖으로 보이는 하늘이 희뿌옇다.

'색깔이 왜 저래. 흐리멍덩하게.'

태민이는 눈을 가늘게 떴다. 뭘 해도 뚜렷해 보이지 않는 그런 하늘이었다. 괜히 하늘한테 트집을 잡고 싶은 그런 날이었다.

"네가 먼저 다가가서 인사도 하고 말도 걸고. 그래야 친구가 생기지."

아침 식사 시간이었다. 아빠가 툭 던지듯 말했다. 태민이는 씹던 밥알이 목구멍에 콱 걸리는 느낌이었다.

"네……."

소리가 종잇장처럼 얇았다. 아빠가 등을 퍽 쳤다.

"대답에 왜 힘이 없어? 밥도 좀 씩씩하게 먹고!"

엄마가 아빠를 흘겨봤다.

"왜 아침부터 애 기를 죽여? 힘 좀 없으면 어때서?"

아빠는 코웃음을 쳤다.

"그렇게 힘없어서 어디 사람 노릇 하겠어?"

마치 '너는 힘도 없고, 사람 구실도 못 한다'라는 뜻처럼 들렸다. 엄마는 혀를 찼다.

"그만 좀 하시지?"

"그만은 무슨. 무기력한 애들은 정말 꼴 보기 싫어. 우리 아들은 달라야 해."

태민이는 고개를 숙였다. 식탁 위 밥그릇이 흐릿하게 보였다. 한숨이 나오다 말고 자꾸 목구멍에서 걸렸다. 아빠가 말하는 '사람 노릇 하는 애'들처럼 될 수 없을 것만 같았다.

"잘 먹었습니다."

태민이는 작게 인사하고 자리에서 일어났다. 현관으로 향하는 태민이 등 뒤로 아빠 목소리가 또 따라왔다.

"아들, 잊지 마! 먼저 인사하는 거야! 씩씩하게!"

"너희 아빠 정말…… 신경 쓰지 마."

엄마가 다가와 등을 토닥였다.

"괜찮아."

말은 그렇게 했지만, 태민이는 희미한 미소를 띠었다. 아빠 말이 아주 틀린 건 아닐지도 몰랐다. 친구랑 잘 어울리는 애들을 보면 다 기운이 넘치고 유쾌했다. 모두 밝고 각자에게 어울리는 색이 있었다. 하지만 태민이는 자신에게 맞는 색이 과연 있을지 의문이 들었다. 너무 옅어서 티가 안 나는 그런 색. 아니, 어쩌면 색이 없는 건지도 몰랐다.

희멀건 하늘빛처럼 자신의 존재도 흐릿하게만 느껴졌다.

"그런데 아들, 다음 주에 공개 수업이라며?"

엄마가 태민이 눈치를 보며 물었다.

"엄마 가도 돼?"

선생님이 한 달 전에 학부모 공개 수업 일정을 알려 줬다. 해마다 진행되는 공개 수업이 벌써 여섯 번째였다. 1, 2학년 때와는 달리 학년이 올라갈수록 부모님들의 참여도는 조금씩 떨어졌다. 그런데 이번엔 달랐다. 선생님은 이번 공개 수업을 특별한 공개 수업으로 만들겠다고 했다. 이름하여 '자기 자랑 대회.'

"자신을 자랑스러워할 줄 알아야 해요. 아무리 사소한 것이라도 내가 가진 능력을 소중히 여기고 자랑스러워해야 남과 나를 비교하지 않고 행복하게 지낼 수 있어요."

말은 거창했지만, 결국 장기자랑이나 다름없는 수업이었다. 그래서인지 부모님들의 참여도가 훌쩍 올라갔다.

‘아직 뭘 발표할지도 못 정했는데…….’

마음 같아서는 오지 말라고 하고 싶었다.

“그럼. 와도 돼.”

태민이는 입꼬리를 억지로 당겼다.

‘이왕 오는 거, 괜히 왔다고 생각하진 말아야 할 텐데.’

고맙다며 빙긋 웃는 엄마 얼굴을 보자, 자랑할 것도, 내세울 것도 없는 자신을 더더욱 보여 주고 싶지 않았다.

아빠는 종종 배드민턴 라켓이며 농구공이며, 운동용품을 잔뜩 사와서 밖으로 나가자고 했다. 이런 걸 해야 친구들이랑 친해질 수 있다면서.

태민이는 밖에 나가 공을 차는 것보단 집에서 게임을 하는 게 좋았고, 산에 오르기보단 블록을 조립하거나 큐브를 맞추고 싶었다. 그것들은 대부분 혼자 하는 취미였다.

태민이도 아빠 말처럼 친구들을 많이 사귀고 싶었다. 올해는 또 어떤 친구들, 어떤 선생님을 만날까? 새로운 만남, 새로운 교실은 오아시스 없는 사막이었다. 작년에는 유치원 때부터 친하게 지내던 효원이와 같은 반이라 괜찮았다. 올해는 혼자가 되어 버렸다. 걱정이 깊어지면 소화도 되지 않았다. 아는 애라고는 하나 없는 교실에서 잘 지낼 수 있을까?

‘친구 없이 혼자만 오도카니 있는 건 하나도 멋지지 않아.’

태민이는 그런 자신이 어이없었다. 친구는 있었으면 좋겠고, 말은 잘 못 걸겠고. 뭘 어쩌자는 건지.

오늘은 친구들이 교실 앞에 둥글게 모여 마피아 게임을 하고 있었다. 태민이는 손에 큐브를 들고 있었다. 애들 노는 걸 자꾸만 힐끔거리면서. 큐브는 사실 마피아 게임에 끼지 못하는 이유 같은 것이었다. 누가 다가와 ‘넌 왜 마피아 안 해?’하고 물으면 ‘난 큐브가 더 좋거든’하고 대답할 수 있도록 말이다.

태민이 속마음은 ‘저 무리 속에 끼고 싶다’였다. 애들이랑 함께 웃고 떠들며 놀고 싶었다. 외톨이처럼 소외되고 싶지 않았다. 저 아이들처럼 스스럼없이 웃고 떠들며 즐거운 시간을 보내고 싶었다. 그럴 수만 있다면 얼마나 좋을까. 태민이는 절로 상상하게 됐다. 친구들 사이에서 웃고 있는 자신의 모습을. 그러자 자기도 모르게 입가에 미소가…….

“태민아, 뭐 해?”

태민이는 어깨를 움찔했다. 등 뒤로 손길이 느껴졌다. 고개를 돌리자 미소 띤 선생님의 얼굴이 눈에 들어왔다.

“너도 같이 게임 하지.”

“아, 저는 큐브가…….”

“얘들아, 태민이랑 선생님도 끼워 줘!”

애들은 얼마든지 환영이라며 선생님에게 자리를 내줬다. 선생님이 태민이에게 어서 오라고 손짓했다. 태민이는 잠시 고민하다 큐브를 내려놓고 선생님 옆으로 갔다. 다윤이가 옆자리를 내주었다. 그 옆에서 희도와 준희가 키득거리며 무언가를 작당하고 있었다. 왠지 그 모습이 익숙하고 편안해 보였다. 태민이는 억지로 맞춘 퍼즐처럼 어깨가 점점 구겨졌다.

수업 종이 쳤지만 선생님은 "이번 시간은 수업하지 말고 놀자!"라고 했다. 아이들이 선생님 최고라며 환호했다.

마피아 진행을 맡은 준희가 반으로 접은 쪽지를 돌렸다. 엑스 표시가 있으면 마피아가 되는 거다. 태민이도 긴장하며 받은 쪽지를 펼쳤다.

아뿔싸, 엑스 표시가 있었다!

첫판부터 마피아라니. 태민이 눈동자가 흔들렸다. 숨도 얕아졌다. 눈 한 번 잘못 마주치면 마피아로 지목될 것만 같았다. 덜컹대는 심장을 가지고 게임을 계속할 수 없었다.

'지금이라도 못 하겠다고 말할까? 아니지, 그럼 겁쟁이로 찍히겠지.'

그건 더 싫었다.

마피아는 거짓말을 잘해야 한다. 얼굴색 하나 안 바뀌고 친구들을 속여야 한다. 그것이 마피아 게임의 규칙이다. 전에 시현이가 아이들을 감쪽같이 속여서 영웅 아닌 영웅이 되었다.

'나도 그럴 수 있을까? 제발…….'

게임이 시작되었다. 다들 눈을 감은 채 마피아끼리만 서로를 확인했다. 이후, 눈을 뜨고 차례대로 돌아가며 마피아를 추측했다. 희도가 다윤이에게 마피아냐고 물었다. 다윤이는 억측이 억울하다는 듯이 "나는 시민이야!" 소리쳤다. 실은, 다윤이는 마피아였다.

"그런데 태민이가 너무 말이 없지 않아?"

선생님이 눈을 가늘게 뜨고 태민이를 보았다. 태민이는 입술이 바짝 말랐다. 눈을 어디에다 두어야 할지 몰라 얼른 내리깔았다. 마른침이 넘어갔다. 준희가 팔짱을 꼈다.

"그러고 보니 아까부터 마피아 애들을 다 살리던데?"

마피아를 살릴지 말지 투표할 때 태민이는 같은 마피아들을 살리기 위해 엄지를 올렸다. 설마 준희가 자신을 관찰하고 있을 줄이야. 준희의 말에 하나둘 동의하는 아이들이 늘었다. 급기야 다윤이도 태민이를 의심쩍은 눈으로 보았다.

"그러게? 진짜 태민이인가? 원래 태민이 같은 애들이 끝까지 살아남잖아."

그 순간, 태민이는 머리가 띵해졌다.

'태민이 같은 애들?'

다윤이는 반에서 남자아이들에게 인기가 많다. 대놓고 좋아하는 애들은 없지만, 뒤에서는 다윤이가 좋다는 말들이 오고 갔다. 태민이도 다윤이가 괜찮은 아이라고 생각했다. 그런 다윤이가 '태민이 같은 애들'이라고 말했다. 어떤 의미로 그런 말을 한 건지 궁금했지만, 직접 물어보지 않고는 알 길이 없었다. 다만 그 뜻이 좋은 의미이길 바랄 뿐이었다. 그러기 위해선 멋진 모습을 보여야 한다. 나도 이만큼은 할 줄 안다고 보여 줘야 한다.

마피아로 의심받는 이 위기를 어떻게 모면할 수 있을까? 아이들을 감쪽같이 속이고 싶었다. 자긴 절대 마피아가 아니라며, 그 근거들을 자신만만하게 늘어놓고 싶었다.

그러나 마음처럼 입이 쉽게 떨어지지 않았다.

"그, 그게……."

자신을 바라보는 수십 개의 눈동자를 마주하는 순간, 더듬거리다 그만 돌처럼 굳어 버렸다.

'혹시 몰라. 가만히 있으면 애들이 그냥 넘어갈 지도…….'

속으로 작은 기대를 했지만, 이미 틀려 버렸다.

"마피아 맞네!"

희도의 외침에 투표는 급물살을 탔다. 태민이는 만장일치로 마피아로 꼽혔고, 결국 정체를 들키고 말았다.

아무도 웃지 않았지만, 모두가 비웃는 것만 같았다.

태민이는 고개를 떨구었다. 다음 쪽지가 돌았다. 손이 나가지 않았다. 겨우 마피아 게임이 끝났을 뿐인데, 태민이는 모든 기회가 날아간 것만 같았다.

그 후 게임이 이어지는 동안 태민이는 꿀 먹은 벙어리가 되어 지켜보기만 했다. 한차례 게임이 끝나자 아이들은 삼삼오오 모여 보드게임을 하거나 수다를 떨었다. 선생님은 자유 시간을 주기로 한 만큼 맘 편히 놀라는 말을 남기고 자리를 옮겼다. 어디에도 끼지 못한 태민이는 추리 보드게임 하는 애들 옆에 다가가 힐긋거렸다. 그러나 누구 하나 같이 하자는 말을 하지 않았다. 그 보드게임은 태민이도 좋아하는 게임이었는데 말이다.

결국 자기 자리로 돌아온 태민이는 서랍에 넣어 둔 큐브를 다시 꺼냈다. 맞추는 데 1분도 걸리지 않지만, 큐브를 의미 없이 돌리길 반복했다.

'잘하고 싶었는데.'

태민이는 마피아도 잘하고 싶었고, 친구들과도 잘 어울리고 싶었다. 아빠 말마따나 먼저 가서 말도 붙이고, 운동장에 나가서 캐치볼도 하고. 그러면서 친구들과 스스럼없이 어울리고 싶었다. 친구들과 어깨동무하며 웃고 있는 자신을 몇 번이나 그려 보았는지 모른다.

손에 든 큐브처럼 여섯 개의 면이 형형색색인 팔방미인을 꿈꾸지만, 현실은 그렇지 않다. 태민이는 고개를 들고 주변을 둘러보았다. 운동을 잘하는 하준, 수학 천재라 불리는 서우, 춤을 잘 추는 은빈이까지, 모두가 자신만의 색깔을 가지고 있었다.

'그런데 나는…….'

하필 옷도 회색투성이였다. 칙칙한 회색은 싫은데, 그것만이 잘 어울렸다. 그런 생각에 빠져 무심코 눈길을 돌릴 때였다.

큐브가 공중에 떠 있는 걸 문득 깨달았다.

깜짝 놀란 태민이는 눈을 비비고 다시 보았다. 아니, 그게 아니었다. 큐브가 허공에 떠 있는 게 아니었다. 큐브를 잡고 있는 손이 사라지고 없었다. 분명 큐브를 쥔 감촉은 있는데, 손목 아래로 손이 없었다. 손끝에 싸늘한 감촉만 남았을 뿐.

태민이는 너무 놀라 비명도 지르지 못한 채 큐브를 내팽개쳤다. 큐브가 요란한 소리를 내며 바닥에 떨어졌다. 그러나 손이 사라진 지금, 그걸 신경 쓸 겨를이 없었다.

그사이 손은 원래대로 돌아와 있었다. 영문을 알 수는 없지만 손이 보이자 자기도 모르게 안도의 한숨이 나왔다. 그나저나 어떻게 된 일일까? 태민이는 큐브를 뚫어져라 노려보았다. 구입한 지 오래된 큐브였지만 여태껏 이런 일은 한 번도 없었는데…….
태민이는 마른침을 삼키며 조심스럽게 큐브를 다시 쥐어 보았다. 다행히 이번엔 손에 아무런 변화가 없었다.

'잘못 본 건가?'

한숨이 터져 나왔다.

이때만 해도 태민이는 더 큰일이 기다리고 있을 줄 꿈에도 몰랐다.

다음 날 아침, 태민이는 엄마 목소리에 눈을 떴다.

"태민아, 아직 자니?"

엄마가 방문을 열고 물었다. 태민이는 침대에서 조금만 더 뒹굴다 일어날 생각이었다. 그런데 이어지는 엄마 말이 조금 이상했다.

"방에 없네? 어디 갔지?"

엄마는 걸음을 돌려 거실로 나가며 태민이의 이름을 불렀다. 반쯤 잠에 취해 있던 태민이는 정신이 번쩍 들었다. 엄마가 장난친 건가? 아무리 이불을 덮고 있다 해도 얼굴은 내놓고 있었는데? 태민이는 벌떡 일어나 엄마를 불렀다.

"엄마! 나 방에 있는데!"

엄마 발소리가 들려왔다. 태민이는 방으로 들어온 엄마를 빤히 봤다.

"아들, 갑자기 숨바꼭질하자는 거야? 어디 있어?"

그러곤 엄마는 거실로 나가 버렸다. 태민이는 뒷머리가 삐쭉 섰다. 이불을 박차고 거실로 나갔다.

"엄마! 나 여기 있다니까!"

태민이가 엄마 코앞에서 말하는데도, 엄마는 어디 있냐며 두리번거렸다. 엄마가 스쳐 가는 순간, 태민이는 자신이 세상에서 동그랗게 오려진 것 같았다. 태민이는 엄마 앞을 급히 막아섰고, 엄마는 태민이와 부딪혀 엉덩방아를 찧었다.

"아야!"

아파하던 엄마는 그제야 태민이를 알아보더니 눈을 커다랗게 떴다.

"태민아! 너 언제부터 거기 있었어?"

"아까부터! 장난하지 마!"

사람을 보고도 못 본 척하다니. 장난이라면 너무 심한 장난이었다. 하지만 엄마 표정은 그게 아님을 말해 주고 있었다. 태민이는 울고 싶어졌다.

"정말로 날 못 본 거야?"

엄마 또한 하얗게 질린 얼굴로 고개를 끄덕였다.

"응. 정말 안 보였어."

"큐브를 맞추던 손이 갑자기 사라졌다고?"

엄마가 아이고 신음을 흘리며 머리를 감싸 쥐었다.

"그런 일을 왜 여태 말 안 했어?"

태민이를 탓하는 듯한 말투에 가뜩이나 떨리던 심장이 더 내려앉았다.

"말했으면. 믿어 줄 거야?"

한편으로는 괜히 말했나 싶었다. 이렇게까지 놀랄 줄은 몰랐으니까. 내가 너무 이상한 소리를 한 걸까. 그냥 꾹 참고 말하지 말 걸 그랬나.

엄마는 목이 타는지 자꾸만 물을 마셨다. 점점 비어가는 엄마 물 잔만 눈에 들어왔다. 줄어드는 물만큼 자신이 엄마 짐이 되는 것 같았다. 태민이는 엄마 손에서 컵을 가져와 물을 따랐다. 그것을 조심스럽게 내밀며 엄마 눈치를 보았다.

"나 이제…… 어떡하지?"

작은 목소리로 물었다. 골똘히 생각하던 엄마가 입을 열었다.

"일단은 비밀로 해."

엄마 표정이 단단했다. 찔러도 피 한 방울 안 나올 만큼. 엄마가 태민이 손을 꼭 잡아 주었다.

"아무한테도 말하지 마. 아빠한테도. 엄마만 믿고. 응?"

엄마는 늦었으니 어서 등교하라고 했다. 신발을 신고 나서던 태민이는 문고리를 돌리다 말고 엄마를 돌아보았다.

“학교에서 또 안 보이면 어떡해?”

“괜찮을 거야. 혹시 우리가 잘못 본 걸 수도 있고.”

엄마 표정은 겁에 질린 마음을 숨기려고 애써 미소 짓는 가면을 쓴 것 같았다.

태민이는 신발장에 실내화 가방을 넣으며 창문 너머를 기웃거렸다. 지각이다. 수업이 한창이었다.

문을 열고 들어가려니 가슴이 두근거렸다. 평소에도 혹시나 늦게 등교하게 될 때면 태민이는 아이들 시선이 주목될까 봐 걱정이 앞섰다. 그래서 웬만큼 아파도 등교하던 태민이었다. 저학년일 때는 교실에 들어가지 못하고 쉬는 시간이 될 때까지 복도에서 서성이기도 했다. 태민이는 이런 자신이 답답했다. 부끄러울 게 없다고 생각했지만, 몸은 따라 주지 않았다.

조심스레 뒷문을 열었다. 보통 때 같으면 선생님이 “왔구나!” 인사해 주셨을 텐데, 오늘은 아무 말도 없었다. 아이들도 마찬가지였다. 누구 하나 돌아보지 않았다. 평소라면 ‘내가 그렇지’ 하고 넘겼을 것이다. 그런데 오늘은 등 뒤로 서늘한 바람이 부는 듯 소름이 끼쳤다.

‘설마……?’

또 안 보이는 걸까? 입술이 바짝 타들어 갔다. 태민이는 겨우

겨우 목소리를 짜냈다.

"선생님, 저 여기 있어요!"

선생님이 눈을 휘둥그레 떴다.

"어? 태민이 언제 왔어?"

그제야 아이들도 태민이를 알아보았다. 갑자기 어디서 나타났느냐며 놀라는 아이들도 있었다. 가장 당황한 사람은 태민이었다. 정말 안 보였던 걸까? 지금도 점점 몸이 작아지는 것 같았다. 이러다 먼지처럼 사라져 버리는 게 아닐까. 울음이 턱밑까지 차올랐다. 태민이 얼굴이 안 좋아 보였는지 선생님이 다가왔다.

"태민아, 무슨 일 있어?"

태민이는 입술을 꼭 물고 고개를 저었다.

"아니에요."

자리에 앉아 교과서를 펼쳤다. 손을 이리저리 살폈다. 멀쩡한 손이 금방이라도 사라질 것 같았다.

태민이는 자기 모습이 보이는지 끊임없이 확인했다. 수업 시간 내내 손으로 얼굴을 만져 보고, 팔목 안쪽부터 손가락까지 하나하나 꾹꾹 누르며 잡아당겨 보았다. 그것들이 여전히 그 자리에 있으면 가슴을 쓸어내렸다. 다시 교과서로 눈을 돌렸지만, 집중하는 시간은 얼마 가지 않았다.

쉬는 시간이면 화장실로 뛰어갔다. 종이 칠 때까지 거울 속 자신을 들여다보았다. 혹시나 투명하게 변한 곳이 없나 꼼꼼하게. 그러다 문득 '어쩜 이렇게 특징 없이 생겼을까' 싶어 시선을 돌리게 됐다.

오늘은 큐브를 꺼내지도 않았다. 물도 안 마셨다. 물을 마시다 컵만 둥둥 떠다닐까 봐. 종일 맥박이 빨랐다. 날 보는 건지, 날 보지 않는 건지, 애들 시선 하나하나에도 가슴이 덜컹덜컹했다.

하교할 때쯤엔 머리가 지끈거렸다. 하루를 무사히 보냈다는 생각도 잠시, 내일 또 반복하려니 다리에 힘이 풀렸다.

저 멀리서 효원이가 손을 흔들고 있었다. 하굣길에는 늘 그래 왔던 것처럼 효원이와 함께했다. 오늘따라 효원이 가방에서 달그락거리는 필통 소리가 자꾸만 거슬렸다. 누가 보면 '똑같은 애들'이라고 할 것만 같았다.

'태민이 같은…… 똑같은 애들…….'

한 무리의 남자아이들이 우르르 지나가는 모습에 효원이가 태민이를 건드렸다. 그 손길이 왜 평소와 달리 뜨겁고 끈적하게만 느껴지는지. 자기도 모르게 효원이를 흘겨봤다. 효원이는 그것도 모르고 남자애들에게 시선이 고정되어 있었다.

"우리 반이랑 너네 반 농구 붙는대. 지는 쪽이 아이스크림 사기로 했다던데?"

그 누구도 태민이에게 농구하자는 말을 하지 않는다. 하긴, 하자고 해도 태민이는 같이 가지 않았을 거다. 멀뚱히 서 있다가 골이라도 먹으면 무슨 민폐인가. 애들의 원망스러운 눈빛을 받을 바엔 애초에 시작을 안 하는 게 낫다.

효원이가 말했다.

"이 땡볕에 농구 같은 걸 왜 하나 몰라?"

6월 중순이었다. 날씨는 무척이나 더웠고 내리쬐는 햇빛은 뜨겁다 못해 따가웠다. 태민이도 효원이 생각과 같았다. 하지만 오늘은 맞장구쳐 주지 않을 것이다.

"뭐 이런 날씨 가지고. 땀도 흘리고 얼굴이 타기도 하고, 그래야 남자지."

꼭 아빠처럼 말하고 말았다.

"응?"

효원이가 고개를 갸웃했다. 뭐가 '응?'인지. 효원이의 새하얀 피부가 거슬렸다. 거울 속 태민이 피부를 보는 듯했다.

'그래, 너나 나나 똑같이 허연 얼굴을 가졌구나.'

햇빛은 아이들 피부에 어떻게든 흔적을 남기고, 그 흔적은 아이들을 더욱더 또렷하게 만든다. 자신과 효원이는 태양의 선택을 받지 못한 것 같았다.

"너도 운동 좀 해."

효원이는 알이 두꺼운 안경을 밀어 올렸다. 눈을 서너 번 끔뻑거렸다. 태민이는 효원이가 왜 그러는지 잘 알고 있었다. 태민이 눈치를 살피는 거다. 이쯤에서 '내가 너무 까칠했다'고 사과해야 하는데 그러지 못했다. 효원이는 애써 웃으며 말했다.

"우리 집에 가서 레고 맞출래? 어제 해리포터 레고 큰 거 샀는데."

"방구석에 틀어박혀서 레고나 맞추자고? 찐따야?"

도리어 마음에도 없는 못된 말만 해 버렸다.

레고는 효원이와 친해지게 된 계기였다. 두 사람은 레고를 풀었다 조립했다 반복한 횟수만큼 가까워졌다. 그렇게 잘 쌓은 레고를 무너뜨린 거다.

효원이도 참지 못하고 눈살을 찌푸렸다.

"야, 말이 심하잖아. 레고 하는 게 왜 찐따야?"

자신이 왜 이러는지 태민이 스스로도 알 수가 없었다. 미안하다고 하고 싶었다. 그런데 엉뚱한 소리가 나갔다.

"그걸 모르니까 네가 찐따인 거야."

효원이 발길이 뚝 멈추었다.

"너 말 다 했냐?"

효원이는 태민이를 독하게 노려보았다. 무어라 변명이라도 하라는 눈빛이었다. 그런데 태민이는 아무 말 하지 않았다. 그냥,

효원이가 가 버렸으면 했다. 그 마음을 읽기라도 한 듯 효원이는 곧장 발길을 돌렸다.

나 자신이 싫은 건데, 괜히 효원이마저 싫어졌다.

비슷한 부류. 그런 말로 엮이고 싶지 않았다. 한 번쯤은 효원이 없이 살아 보고 싶다고 생각한 적도 있었다. 태민이는 효원이가 있어서 덜 외로웠지만, 또 한편으로는 외로웠다. 효원이 때문에 다른 친구가 안 생기는 건 아닐까 하고 비겁하고 치졸한 생각도 해 보았다.

그런데 왜 효원이의 눈빛이 머리에서 떠나질 않는지.

꿍!

"어맛!"

"아야!"

태민이는 누군가와 부딪혀 엉덩방아를 찧었다. 상대도 마찬가지였다. 웬 남자가 뾰족한 턱을 문지르며 눈살을 찌푸렸다.

"못 보던 전봇대가 생긴 줄 알았네."

'전봇대라니. 키는 자기가 더 크면서.'

태민이는 아픈 이마를 문지르며 눈앞의 남자를 살폈다. 유독 흰 피부가 눈에 띄었다. 저 남자도 농구를 싫어하나? 아니, 그보다는…….

'혹시 나를 못 본 건가?'

아니나 다를까, 남자가 입술을 샐쭉거리며 말했다.

"갑자기 튀어나오면 어떡해요?"

"갑자기가 아니라…… 아까부터 있었어요."

"뭐라고요? 분명 아무도 없는 걸 딱 봤는데?"

그사이 또 모습이 사라졌던 걸까? 이젠 뭐라고 변명해야 할지도 알 수 없었다. 이대로 세상에서 사라진다 한들, 엄마 아빠 말고는 아무도 찾아 줄 것 같지 않았다.

남자가 툭툭 털며 일어났다.

"조심 좀 해요. 그렇게 불쑥 나타나고 그러면 위험하다고."

"그런 거 아니라니까요…… 으윽."

자리에서 일어나던 태민이는 발목이 시큰거렸다. 남자가 휘청이는 태민이를 붙잡아 주었다.

"어머, 발목을 다쳤군요?"

"괘, 괜찮…… 윽."

"안 되겠어요. 잠깐 우리 병원 좀 다녀가요. 쌤이 치료해 주실 거예요."

"쌤, 쌤이요?"

"바로 여기 위예요."

남자가 웬 건물을 가리키며 엘리베이터를 타고 가면 금방이라며 태민이를 부축했다. 태민이는 그냥 갈까 했지만, 걷기가 여간 불편한 게 아니었다.

"그, 그럼 부탁드립니다."

의사로 보이는 여자의 손놀림은 재빠르면서도 정확했다. 태민이는 부목을 갖다 대고 붕대로 감는 삼신의 손을 가만히 보았다. 처음엔 사기꾼인 줄 알았는데, 정말로 의사 같았다.

"자, 다 됐어요. 이제 걷기 좀 편할 거예요. 그나저나 뼈가 아주 굵어요."

"네? 제 뼈가요?"

"네, 뭘 해도 아주 잘해 낼 것 같은데요?"

의사는 꼭 태민이가 유치원 다닐 적 엄마처럼 말했다.

"뼈가 굵은 사람은 어디서든 눈에 잘 들어오죠."

엄마도 종종 그런 말을 했다. "태민이 너는 멀리서도 눈에 잘 띄는 아이야."라고. 물론 태민이는 믿지 않았지만. 태민이는 쭈뼛거리며 말을 이었다.

"뼈 굵은 것하고 눈에 잘 띄는 게 무슨 상관인지……."

"상관있고 말고요."

"근데 저는…… 잘 안 보이는 사람인데……. 아까도 간호사 형이 절 못 보고……."

"아, 그건 환상통증 때문이에요."

“…… 환상통증이요?”

사기꾼이라고 생각할 만한 말인데, 태민이는 의사의 말에 귀를 기울이게 됐다. 투명하게 변하는 자신이야말로 사기꾼 같은 존재가 아닐까 싶어서.

그렇지 않아도 들어오는 길에 병원 진료 과목을 보고 고개를 갸웃했다. 환상통증을 치료해 준다니. 무슨 말 같지도 않은 병원이라고만 생각했다. 백이라는 남자 간호사도 그렇지만, 삼신이라는 이름의 의사는 어딘가 의사 같지 않았다.

삼신은 엑스레이를 찍으면 정확한 진단이 가능하다고 했다.

‘갑자기 웬 엑스레이?’

태민이는 눈살을 찌푸리면서도, 싫다고 말하질 못했다. ‘혹시’ 하는 마음이 태민이를 붙잡았다.

“백이야, 태민 학생 엑스레이 부탁해!”

“넵! 이쪽으로 오세요, 환자분!”

태민이는 얼떨떨한 얼굴로 엑스레이 촬영 기계 앞에 섰다.

“숨 크게 들이마시고요. 참으세요!”

시키는 대로 숨을 참자 찰칵 소리가 들렸다.

“이번에는 옆을 보세요. 숨 참고!”

또다시 찰칵. 뒤를 보고도 촬영하고, 누워서도 촬영했다.

“딱 좋아요! 사진이 너무 잘 나왔어요!”

뭐가 잘 나왔다는 건지는 모르겠지만, 태민이는 꾸벅 고개를 숙였다.

잠시 후, 삼신이 결과가 나왔으니 진료실로 들어오라고 했다. 삼신은 모니터를 태민이 쪽으로 돌렸다. 방금 찍은 엑스레이 사진이 화면에 띄워져 있었다. 그런데 보통의 엑스레이와는 많이 달랐다. 흔히 알던 검정 바탕에 흰색 뼈 사진이 아니었다. 일반 카메라로 찍은 사진이었다. 다른 것이 있다면 태민이 모습이 반투명하게 찍혔다는 것이었다.

삼신이 몇 가지를 물었다. 평소 친구 관계는 어떠한지, 학교 끝나면 집에서 누구와 함께 지내는지, 좋아하는 건 무엇인지.

친구 관계야 말할 것도 없이 좁았다. 집에서도 부모님이 바빠 대부분 혼자 지냈다.

"좋아하는 건…… 농구요."

"농구요? 진짜예요?"

삼신이 재차 물었다. 그 눈을 들여다보고 있으니 거짓말을 하면 안 될 것 같았다. 삼신이 왠지 다 알고 있는 듯했다.

"…… 큐브랑 블록 조립이요."

솔직히 말하고 나니 태민이는 자신이 얼마나 별로인지 다시 한 번 깨달았다. 삼신도 입꼬리가 조금 올라갔다. 어떻게 보느냐에 따라 비웃는 것 같기도 하고 슬퍼하는 것 같기도 했다. 이

으고 삼신이 알아들을 수 없는 말을 했다.

"무색증이에요."

"무색증…… 이요?"

"무색, 다시 말해 색깔이 없어지는 거예요. 여기 엑스레이 사진을 볼까요? 점점 희미해지고 있죠? 어느 날 갑자기 증상이 나타난 것 같지만, 실은 오래전부터 조금씩 색깔이 옅어지고 있었을 거예요. 그러다 최근 들어 증상이 심해진 것뿐이고."

말도 안 되는 결과였지만, 다른 설명이 어려운 것도 사실이었다. 특히나 오래전부터 색깔이 옅어졌을 거라는 말에 고개가 절로 끄덕여졌다.

"역시 그랬어요."

"네? 뭐가요?"

"색깔이 옅어지는 거요. 그럴 줄 알았거든요."

"흐음. 왜 그렇게 생각해요?"

"그야……."

태민이는 차마 대답하지 못하고 입을 다물었다. 친구도 없고, 잘하는 것도 없다고. 애들한테 놀자고 말도 못 해서 매일 왕따처럼 혼자 논다고 어떻게 말할까. 학기 말에 받아오는 가정 통지표의 행동 발달 사항에는 '침착하게 자기 할 일을 잘함'이라고 쓰여 있었지만, 태민이는 그 말이 내성적이고 친구 없다는 말을 돌려

서 한 거라는 사실을 잘 알고 있었다.

심지어 아빠조차도 자신을 한심하게 바라보는데…….

"전 원래 그런 애예요."

"맞아요. 원래 그런 애죠."

삼신의 말에 태민이는 고개를 번쩍 들었다. 아무리 그래도 그렇게 바로 맞장구를 치다니. 섭섭하지만 고개를 끄덕였다.

"그러니까, 저는 원래부터 색깔이 없었던 거예요."

"그게 아니에요. 환자분이 왜 색깔이 없어요?"

"네?"

"자기 색깔을 바꾸려 하니 문제가 되죠. 다른 아이들이 가진 색깔이 부럽던가요?"

그야 당연한 것 아닌가? 태민이는 고개를 끄덕일 수밖에 없었다. 화려하고 멋진 날개를 가진 새처럼 어딜 가나 눈에 띄는 아이들. 그런 아이들에 비해 태민이가 가진 깃털은 밋밋하고 드러나지 않았다. 꼭 보호색 같아서 주변과 분간이 안 갔다.

"색깔이 있다면, 회색이겠죠. 있으나마나 한 색깔. 빨강이나 노랑, 파랑처럼 잘 보이는 색이면 좋았을 텐데……."

삼신은 태민이를 잠시 빤히 바라보더니, 의자에서 천천히 일어났다. 책상 서랍을 조용히 열고, 작은 상자 하나를 꺼냈다.

"열어 보세요."

익숙하면서도 낯선 큐브가 들어 있었다. 태민이 큐브보다 훨씬 복잡한 열 칸짜리 큐브였다.

"환자분은 재활 치료가 필요해요. 이걸로 연습해 보세요."

태민이가 눈살을 찌푸리며 물었다.

"이게 재활 치료예요?"

삼신이 웃음을 머금고 고개를 끄덕였다.

"네. 환자분은 생각을 풀고 다시 조립하는 훈련이 필요하니까요."

태민이는 설레설레 고개를 저었다.

"무슨 말인지 모르겠어요."

"큐브를 다 맞추는 게 목표는 아니에요."

삼신은 다시 자리에 앉으며 조용히 말했다.

"오히려 섞이는 과정에서 자기만의 방식이 드러나기도 하죠. 하고 싶은 대로 맞춰 보세요."

태민이는 어지럽게 섞인 열 칸짜리 큐브를 바라보았다. 과연 맞출 수 있을까. 삼신이 말했다.

"다른 친구들이 어떤 색깔인지는 중요하지 않아요. 내가 좋아하고 잘하는 걸 자랑스러워하는 것. 그게 자기 색깔을 지키는 기본 치료예요."

태민이는 큐브를 한 번 돌려 보았다. 딸깍, 하는 소리와 함께 회색 조각이 앞면으로 나왔다.

　병원을 다녀오고 며칠이 지났다. 부은 다리는 나았지만, 언제 몸이 투명해질지 몰라 태민이는 늘 거울 앞을 서성였다. 엄마도 확인하듯 태민이 어깨를 쓰다듬고는 했다.

　태민이는 책상 앞에 앉아 열 칸 큐브를 물끄러미 보았다. 오른쪽으로 돌리고, 왼쪽으로 돌리고, 위로, 아래로. 한 칸 한 칸 맞춰지는 큐브를 볼 때마다 마음 한구석이 찌르르 울렸다. 다른 건 몰라도 회색 면만은 다 맞춰 보고 싶었다.

"아들, 뭐 해?"

엄마가 방으로 들어왔다.

"큐브 좀 하고 있었어."

엄마가 큐브를 보더니 혀를 내둘렀다.

"열 칸짜리 큐브네? 그걸 어떻게 맞춰? 할 수 있어?"

　엄마가 놀랄 만했다. 열 칸짜리는 결코 쉽지 않은 도전이었다. 그래도…….

"불가능한 건 아니야. 하다 보면 되겠지."

　태민이는 저녁 식탁 앞에서도 큐브를 놓지 못했다. 엄마는 못 말린다는 듯 헛웃음을 흘렸다.

"그렇게 재밌어? 엄마는 하나도 재미없어 보이는데."

복잡한 것을 단순하게 풀어가는 묘미. 한 번 맛보면 빠져나올 수 없었다. 엄마는 그걸 몰랐다. 그리고 이건 재활 치료다. 그 말을 믿는 스스로가 조금 어이없었지만, 큐브를 열심히 돌려 투명한 존재가 되는 것을 막을 수만 있다면…….

큐브에 집중하던 태민이에게 엄마가 불편한 말을 건넸다.

"공개 수업 준비는 잘돼 가? 뭐 발표할 거야?"

태민이 손이 우뚝 멈추었다.

"며칠 안 남았잖아."

"그게…… 정해야지."

"아직 못 정했구나?"

엄마는 걱정이 되어 하는 말이겠지만, 태민이는 입맛이 뚝 떨어졌다.

"나 들어가서 발표 준비 좀 할게."

식사를 대충 끝내고 방으로 들어왔다. 엄마는 괜한 소리를 했다는 듯 태민이에게 쉬엄쉬엄하라고 했다. 과일을 먹겠냐고도 물었다. 태민이는 조용히 방문을 닫는 것으로 대답을 대신했다.

'자기 자랑 대회…… 대체 뭘 자랑해야 할까?'

태민이는 휴대폰 달력을 보았다. 남은 시간은 이틀. 절로 한숨이 나왔다.

'여태 난 뭘 한 걸까? 이틀 안에 뭐라도 준비해야 하는데…….'

이러다 이도 저도 못 정하고 웃음거리만 되면 어떡하나. 생각만으로도 식은땀이 흘렀다. 태민이는 머리를 굴렸다. 좋은 방법이 없을까?

그때, 태민이 눈에 열 칸 큐브가 들어왔다.

‘이거라도?’

그러나 곧 고개를 저었다. 다른 애들은 훨씬 더 멋진 걸 할 테다. 큐브 따위가 무슨 자랑이라고…….

하지만 다른 애들이 뭘 하든, 태민이가 보여 줄 수 있는 가장 자신 있는 건 바로 큐브 맞추기였다. 세 칸 큐브를 순식간에 맞출 수 있게 된 것처럼 열 칸 큐브도 연습하면 더 잘할 수 있을 것이다. 이제 와서 다른 걸 찾기엔 시간이 모자라고…….

‘그냥 할까?’

태민이는 손놀림을 빨리했다. 타라락 기분 좋게 돌아가며 제자리를 찾아가는 색깔들. 물론 열 칸을 다 맞추려면 연습이 많이 필요할 것이다. 그래도 어쩐 일인지 의욕이 생겼다.

마음을 정하자 어깨가 조금은 가벼워졌다.

태민이는 그날 밤, 큐브를 맞추고 또 맞추었다. 다음 날 해가 떴을 때, 전날보다 훨씬 빠르게 큐브를 맞출 수 있게 되었다.

공개 수업 날이 밝았다. 6학년이 되었는데도 엄마 아빠의 참석 여부는 초미의 관심사였다. 부모님이 오길 간절히 바라는 아이가 있는 반면, 절대 오지 않았으면 좋겠다는 아이들도 있었다.

태민이는 후자였다. 내심 엄마가 일이 생겨 못 왔으면 좋겠다 싶었다.

'아니, 공개 수업 자체가 취소되면 얼마나 좋을까.'

시간이 가까워질수록 초조한 태민이와 다르게, 다른 아이들은 쉬는 시간까지 반납하며 웃고 떠들며 발표를 준비했다. 태민이도 열 칸짜리 큐브를 만지작거렸다. 조금이라도 큐브 맞추는 시간을 단축하는 게 오늘의 미션이었다.

최선을 다해 연습해도, 떨리는 건 떨리는 거다.

자꾸만 손에 땀이 나고 호흡이 가빠졌다. 마음속 깊은 곳에서 어두운 목소리가 속삭였다.

'큐브 따위를 누가 좋아한다고! 발표하면 다들 웃을 거야.'

목소리가 가슴을 두드릴 때마다 정말로 아이들 비웃음 소리가 귓가에 들리는 듯했다. 그럴 때마다 태민이는 거울 앞으로 달려갔다.

'잘할 수 있을까?'

거울 속 자신에게 물었다. 돌아오는 대답은 딱딱하게 굳은 표정뿐이었다.

삼삼오오 부모님들이 등장하자 떠들던 아이들이 조용해졌다.

아이들은 슬금슬금 부모님들을 돌아보다가도 곧바로 자세를 고쳐 앉았다. 태민이도 숨이 잘 쉬어지지 않았다. 이제 곧 발표한다고 생각하니, 하늘이 핑그르르 돌았다. 괜히 물만 들이켜고 있을 때였다.

뒷문으로 엄마가 들어왔다. 태민이는 인사라도 하려고 했지만, 목이 타고 숨이 막혀서 말소리가 나오지 않았다. 그저 엄마가 알아봐 주길 바라며 입만 벙긋거렸다. 그런데 어찌 된 일인지 교실을 두리번거리던 엄마의 눈길이 태민이를 스쳐 지나갔다. 불현듯 스치는 불길한 예감에 태민이는 자리에서 일어나 엄마 곁으로 다가갔다. 그때까지도 엄마는 눈을 크게 뜨고 태민이를 찾느라 정신없었다.

"엄마……."

코앞까지 다가가 옷자락을 잡아당기고서야 엄마는 태민이를 알아보았다.

"너 어디 있었어?"

엄마의 하얗게 질린 얼굴을 보자 태민이는 이 세상에 혼자 있는 것 같았다. 엄마조차 알아보지 못하는데, 다른 사람들이라고 나를 알아봐 줄까?

기껏 열심히 연습했던 게 물거품이 될 것만 같았다.

"괜찮아, 태민아. 엄마는 우리 아들 알아볼 거야."

엄마가 허둥지둥 격려의 말을 했지만, 그리 힘이 되진 않았다. 이러다 남들 앞에서 투명 인간이 되면, 태민이는 그야말로 존재감 제로가 되는 것이다.

수업 종이 쳤다. 수많은 눈동자가 아이들을 지켜보는 가운데, 공개 수업이 시작되었다. 자기 자랑 대회의 사회는 회장인 준희가 맡았다. 선생님이 마이크를 준희에게 넘겼다.

"참석해 주신 부모님들께 감사의 인사를 드리며, 지금부터 자기 자랑 대회를 시작하겠습니다!"

어쩜 준희는 물 흐르는 듯 진행을 할까? 태민이는 언제나 당당한 준희가 부럽기만 했다.

첫 번째 발표자는 아이돌 댄스를 준비한 네 명의 여자애들이었다. 애들이 등장하자 요란한 박수가 터져 나왔다. 네 사람은 수줍은 듯 얼굴을 붉혔지만, 노래가 나오자 눈빛이 변했다.

다음 순서가 이어졌다. 희도의 마술 묘기, 다윤이와 친구들의 기타 합주, 준희와 친구들의 태권 격파 시범까지. 하나둘 이어지는 발표에 분위기는 달아올랐지만, 반대로 태민이 얼굴은 창백해져만 갔다. 차례가 다가올수록 어디로든 도망치고 싶어졌다.

시간은 속절없이 흘러, 마침내 태민이 차례가 되었다.

"김태민 친구는 열 칸 큐브를 맞추겠다고 하는데요. 박수로 맞이해 주세요!"

태민이는 벌벌 떨리는 손으로 큐브를 들었다. 자리에서 일어날 때 의자가 뒤로 쾅 소리를 내며 넘어갔지만, 그걸 신경 쓸 겨를이 없었다.

무슨 정신으로 교실 앞까지 나갔는지 모르겠다. 수많은 눈빛들이 사슬처럼 온몸을 묶었다. 선생님이 시작하라 했지만 태민이는 꼼짝할 수 없었다. 고개를 푹 숙인 채 바들바들 떨기만 했다. 그렇게 얼마나 흘렀을까.

"어? 태민이 어디 갔지?"

사람들이 웅성거렸다. 심장이 철렁했다. 하필 지금 무색증이 도졌다.

'이대로 모두가 보는 앞에서 사라져 버리는 건가? 지금도, 그리고 앞으로도 영원히?'

태민이는 손을 내려다보았다. 있어야 할 자리에 손이 없었다.

그때였다.

"태민아!"

엄마 목소리에 태민이는 고개를 들었다.

"우리 아들! 엄마는 똑똑히 보여!"

빨개진 엄마의 눈이 태민이를 똑바로 바라보았다.

"엄마가 봐 줄게. 엄마가 찾아 줄게! 태민아, 어서 나와!"

다들 이상한 시선을 보냈지만, 엄마는 개의치 않았다.

"태민아, 할 수 있어! 넌 누구보다 큐브를 잘하잖아!"

엄마가 정말로 태민이를 바라보는지 알 수는 없었다. 그저 우연히 엄마의 눈길이 닿은 걸지도 모른다. 그런데도 태민이는 엄마의 응원에 가슴이 조금 진정되었다. 그리고 어떤 목소리가 귓가에 선명히 들려왔다.

'다른 친구들이 어떤 색깔인지는 중요하지 않아요.'

손끝에서 가벼운 진동이 느껴졌다. 태민이는 큐브를 내려다보았다. 큐브가 꼭 말을 걸어오는 듯했다.

'남들과는 다른 네 색깔을 찾아!'

'내 색깔이 뭔데? 화려한 빨강? 편안한 초록? 그것도 아니면 톡톡 튀는 노랑? 아니, 나는 칙칙하고 별 볼 일 없는 회색이야. 너도 알잖아.'

목소리가 반박했다.

'왜 너를 하찮게 여겨? 남이 널 판단하는 게 싫으면, 너도 널 함부로 판단하지 마. 회색은 칙칙하지 않아! 회색은 회색일 뿐이야. 색깔에 좋고 나쁨은 없어.'

정말로 큐브가 한 말일까? 아니, 잘 모르겠다. 엄마의 목소리 같기도 하고, 삼신병원에서 만난 의사의 목소리 같기도 했다. 하지만 가만 생각해 보면 가장 닮은 목소리는 바로······.

"칙칙하지 않아."

태민이는 작게 읊조렸다.

그것은 태민이 자신의 목소리였다.

마음속 깊은 곳에서 올라오는, 스스로 응원하는 목소리.

회색은 칙칙하지 않다. 다른 색과는 구별되는, 그 자체로 멋진 색이다. 여태껏 인정하지 않았을 뿐. 태민이는 어쩐지 자신의 색깔이 좋아졌다. 그러자 조금 더 용기 낼 힘이 생겼다.

"어! 태민이다!"

누군가 소리쳤다. 다들 깜짝 놀란 듯 웅성거렸다. 태민이는 개의치 않았다. 지금 자신이 해야 할 일은 오직 하나뿐이었으니까. 태민이는 놀란 표정의 선생님에게 말했다.

"선생님, 제가 말씀드린 음악 틀어 주세요."

"어? 어, 그래."

선생님이 서둘러 마우스를 움직였다. 이윽고 빠른 비트의 음악이 흘러나왔다. 태민이가 선보일 장기는 최대한 빠른 시간 내에 큐브 맞추기였다.

태민이는 두 손에 든 큐브를 머리 위로 들어 올렸다. 이틀 밤을 새워 큐브 맞추기 퍼포먼스를 준비했다. 이거면 될까 의아했다. 아직도 확신은 없었다. 그런데도 지금 이 순간, 태민이가 가장 좋아하고 잘할 수 있는 것은 큐브 퍼포먼스였다.

선생님이 타이머를 실행시켰다. 태민이의 손도 움직이기 시작했다. 빠르고 거침없는 손놀림이었다. 큐브는 점차 제자리를 찾아갔다. 그 현란한 모습에 사람들이 탄성을 흘렸다. 태민이 귀에는 들리지 않았다. 오로지 큐브에만 집중했다. 할 수 있는 한 가장 빠르게 큐브를 맞추리라!

"끝!"

태민이가 큰 소리를 내며 한 손으로 큐브를 들었다. 선생님이 타이머를 멈추었다.

"2분 35초!"

선생님이 소리쳤다. 어제 연습했을 때보다도 10초 단축했다. 우리나라 최고 기록에도 근접한 기록이었다. 태민이는 주먹을 불끈 쥐었다.

'해냈다!'

태민이는 가슴이 벅차올랐다. 지켜보던 사람들도 환호를 터트렸다. 시현이는 저렇게 빨리 맞추는 건 불가능에 가깝다며 혀를 내둘렀다. 준희는 태민이 큐브 솜씨는 알아줘야 한다며 엄지를 치켜세웠다. 어리둥절한 와중에도, 어깨가 조금씩 펴졌다.

"태민이 멋지다!"

다윤이가 소리쳤다.

'내가 멋지다고?'

태민이는 한 번도 자신이 멋지다고 생각해 본 적이 없다. 큐

브는 보잘것없다고 생각했다. 그런데 큐브로도 얼마든지 멋져질 수 있다니. 농구를 못하는 둔한 운동 신경도, 꼼꼼한 성격도, 꽤 괜찮은 것들이었다. 그렇기에 큐브에 집중할 수 있었으니까. 큐브를 누구보다 좋아할 수 있었으니까. 괜히 어깨가 으쓱했다. 입가에 미소가 번져 나갔다.

'이런 느낌이구나.'

이 순간을 만들어 준 큐브에게 고마웠다. 큐브를 건네준 의사 선생님에게도 감사했다.

누구보다 엄마에게. 태민이는 엄마에게 손을 흔들었다.

'엄마, 나 오늘은 누구보다 또렷한 회색이었겠지?'

'그럼 누구보다 멋진 회색!'

엄마는 동의하듯 환한 미소로 화답해 주었다.

오늘은 왠지 가벼운 발걸음으로 하교할 수 있을 것 같았다. 아, 효원이를 만나야지. 전에 심한 말을 해서 미안하다고 사과하고 손을 내밀 것이다. 그리고 두 사람이 수십 번 함께 맞춘 레고를 다시 조립할 것이다.

달빛가시초와 칼날 두드러기

'그게 왜 내 잘못이야? 시현이 말만 믿고, 나만 나무라다니.'

유림이는 선생님이 '네가 틀렸다'라고 말하는 듯해 고개를 세차게 저었다. 마음속으로 되뇌었다.

'아니야. 내가 틀린 거 아니야.'

그런데도 마음 한구석이 이상하게 찌릿했다. 정말, 정말 아무 잘못도 없었을까?

미술 시간에 있었던 일이었다.

"유림아, 잠시 선생님 좀 볼까?"

"네?"

선생님이 왜 갑자기 나를 부를까? 유림이는 고개를 갸웃하며 선생님을 따라나섰다. 교실 앞문에 서 있던 선생님은 유림이가 밖으로 나오자 문을 닫고 창문 너머로 교실을 살폈다. 아이들이 조용히 활동 중인 걸 확인한 선생님이 유림이를 향해 눈길을 돌렸다.

"유림아, 무슨 일이야?"

유림이는 자기도 모르겠다는 뜻으로 어깨를 으쓱했다. 선생님이 입을 단단히 다물었다. 이실직고하라는 말이었다. 모른 척하던 유림이 미간에 주름이 졌다. 유림이는 아무 말도 하고 싶지 않아 선생님 시선을 피했다.

선생님은 모르고 묻는 게 아닐 테다. 그런데도 유림이만 불러낸 것은, 말다툼의 원인이 유림이에게 있다고 생각해서일 테다.

'왜 맨날 나만 싫은 소리를 들어야 하는데?'

이시현이 먼저였다. 자기 파트를 멋대로 색칠했으니까.

'협동화면 협동화답게 색을 맞춰야지!'

유림이가 분명 어떤 색들을 칠해야 하는지 알려 주었다. 다른 아이들은 군말 없이 하는데 이시현은 처음부터 그 색이 싫다며 툴툴댔다. 게다가 옆자리에 앉은 준희와 장난을 치느라 유림이 얘기를 끝까지 듣지도 않았다.

그래 놓고는 엉뚱한 색을 칠한 것이다.

활동 내내 딴짓 반 딴소리 반인 시현이었다. 색칠도 대충 아무렇게나 해서 유림이는 자기 파트를 칠하는 동안에도 시현이를 주시했다. 아니나 다를까 사고를 쳤다. 유림이는 한숨을 푹 쉬며 눈치를 줬다.

"몇 번을 말해? 그 색깔 아니라고."

시현이는 어안이 벙벙한 얼굴이었다.

"뭐가?"

"여기."

유림이는 시현이가 검게 칠한 부분을 검지로 콕 찍었다.

"노란색으로 칠하라고 했잖아. 근데 왜 검은색이냐고."

시현이는 얼굴이 빨개졌다. 들고 있던 색연필을 거두어들였지만, 그렇다고 순순히 미안하다고 하진 않았다.

"검은색 칠하면 안 돼? 난 검은색이 좋은데."

"야, 네가 검은색 칠하면 노란색 칠한 나는 뭐야? 너랑 나랑 이어져야 하는데 색깔이 안 맞잖아."

유림이가 허를 찼다. 그러자 시현이도 뻔뻔스럽게 나왔다.

"안 맞으면 안 맞는 대로 하면 되지. 아무 색이나 하면 어때?"

그러곤 실실 웃음을 흘렸다. 유림이 화를 돋우려고 일부러 그러는 거다. 유림이는 그 도발에 넘어가고 싶지 않았지만, 도무지 참을 수 없었다.

"야! 똑바로 해!"

유림이 목소리가 갈라졌다. 가슴 저 안에서 예리한 무언가가 쑥 뽑혀 튀어나오는 것 같았다. 순간 교실 전체가 멈춘 듯 조용해졌다. 유림이 귓가에 심장 소리가 들렸다.

선생님이 급히 다가왔다.

"무슨 일이야?"

선생님이 물었지만, 유림이는 대답할 마음이 생기지 않았다. 주먹을 꼭 쥔 채 시현이만 노려보았다. 시현이는 입을 꾹 다물고 고개를 돌렸다.

같은 모둠 아이들이 선생님에게 자초지종을 설명했다. 가만히 듣던 선생님이 시현이와 유림이를 번갈아 보았다. 그때까지만 해도 유림이는 선생님이 시현이를 혼낼 줄 알았다. 그러나 결과는 정반대였다.

유림이는 선생님이 자신을 불러낸 게 이해되지 않다 못해 서러웠다. 그래도 내색하지 않으려 했지만, 선생님의 이어지는 말에는 그냥 넘어갈 수가 없었다.

"유림아, 아무리 화가 나도 그러면 안 돼."

꼭 자신을 나무라는 듯한 말투였다. 유림이는 억울했다. 눈물이 나올 것 같아 주먹을 꼭 쥐었다.

“제가 뭘요?”

“몰라서 그러는 거야? 네가 수업 중에 시현이한테 소리를 질렀잖아. 그것도 다른 아이들 다 보는 앞에서. 시현이가 얼마나 당황했겠어.”

“그럼 저는요?”

유림이는 선생님을 향해 눈을 똑바로 떴다. 선생님 이마에 깊은 주름이 생겼지만 유림이는 할 말은 하고 싶었다.

“저도 당황했어요. 시현이 때문에.”

“시현이가 뭘 어떻게 했는데?”

“색깔을 정해 줬다고요. 하지만 시현이는 말을 듣지 않고 자기 마음대로……!”

“그러니까.”

선생님이 단호한 얼굴로 유림이 말을 끊었다.

“그래서 하는 말이야. 시현이가 자기 마음대로 색칠하도록 내버려두지 그랬어.”

유림이는 너무 어이가 없어서 말이 나오지 않았다. 선생님이 어쩜 그런 말씀을 하실 수 있는지 원망스러웠다.

“그치만 협동화잖아요! 그러면 예쁜 그림이 안 나와요. 서로 협동해야 한다고요!”

“그래, 협동해야지. 시현이에게 일방적으로 명령하지 말고.”

선생님은 한 발도 물러서지 않았다. 오히려 팔짱을 낀 채 유림이를 몰아붙였다. 아까부터 지켜봤다고, 유림이가 시현이에게 이래라저래라 과하게 간섭을 해서 시현이도 힘들어한다고. 꼭 시현이 편을 들려고 작정한 듯했다.

"이번 한 번을 얘기하는 게 아니야. 매번 모둠 활동을 할 때마다 같은 일이 반복되잖아."

"하지만 전 잘하고 싶어서 그런 거라고요."

유림이는 늘 잘해야 했다. 틀리지 않으려 노력하고, 실수하면 밤새 생각했다.

'이렇게 하면 완벽하잖아. 이게 맞는 거잖아.'

그런데 왜, 그럴수록 더 혼나야 하는지 이해할 수 없었다.

선생님이 깊은 한숨을 쉬었다.

"그래, 유림이 마음 이해해. 하지만 활동 전에 선생님이 말했잖아. 각자 원하는 색으로 아무렇게나 칠해도 된다고. 그렇게 다른 색깔로 이루어진 조각이 하나가 됐을 때 독특한 아름다움을 만들어 내는 거라고. 시현이는 자기 파트에 원하는 색을 칠할 권리가 있어."

독특한 아름다움? 유림이는 동의할 수 없었다. 아무렇게나 엉망진창으로 칠한 그림이 완성될 뿐이다. 선생님은 그래도 상관없나 보다. 유림이는 달랐다. 유림이는 누가 봐도 잘했다고 생각할 만한 협동화를 완성하고 싶었다.

그러기 위해선 자신의 방법이 최선이었다. 시현이는 최선의 방법을 따라야 했다. 그런데도 제멋대로 그림을 망치고, 심지어 일을 이 지경으로 만들었다. 잘못은 시현이가 했고 혼이 나더라도 시현이가 혼이 나야 한다. 유림이가 선생님에게 훈계 아닌 훈계를 들을 이유는 하나도 없었다.

최선을 다해 잘하려는 마음. 이게 왜 나쁜가? 그 과정에서 잘 따라오지 않는 친구에게 제대로 하라고 한 소리 할 수도 있는 것 아닌가? 그런데 선생님은 이 마음을 알아주지 않았다.

선생님이 유림이를 달래듯 부드러운 목소리로 말을 이었다.

"유림아, 너무 잘하려고 하지 마. 조금 부족해도 괜찮아."

'말도 안 돼.'

더 잘할 수 있는데 왜 더 잘하려 하지 않지? 선생님 말씀 중에서 제일 이해되지 않는 말이었다. 선생님도 이시현이랑 똑같은 걸까? 그저 대충대충, 설렁설렁. 그렇게 해서는 뭐 하나 제대로 해내는 게 없을 텐데도 말이다.

선생님은 유림이에게 화를 조금 삭이고 교실로 들어오라 했다. 유림이는 곧바로 교실 문을 열었다. 삭이고 말고 할 게 없으니까. 문제는 자신에게 있는 게 아니고 시현이에게 있었다. 자

리로 돌아온 유림이는 색연필을 손에 들었다. 협동화를 마저 칠
하려는데 시현이가 말을 걸어왔다.

"미안."

처음엔 무시했지만, 재차 미안하다고 하는 통에 시현이를 흘
깃 보았다.

"뭐가 미안한데?"

"아니 뭐, 그냥……."

"됐어. 뭐가 미안한지도 모르면서."

그러자 그때까지만 해도 눈치를 보던 시현이가 입술을 씰룩거
렸다.

"근데 너는 뭐, 대단히 잘했어?"

그 말이 유림이의 분노 버튼을 또 한 번 눌렀다. 다만 방금 불
려 나갔는데 또 화를 낼 수는 없어서 겨우 참았다. 시현이는 그
것도 모르고 시비를 걸었다.

"나는 검은색이 좋은데 내 의견은 무시했잖아. 내가 왜 네가
시키는 대로만 해야 해? 그건 싫어. 네가 대장은 아니잖아."

사실, 그것은 괜한 투정이 아니었다. 시현이도 할 말이 있었던
것이다. 물론 유림이는 그걸 눈치채지 못했지만.

시현이가 검은색 색연필을 손에 들었다.

'설마 또 검정을 칠하려고?'

유림이는 미간을 확 찌푸리며 색연필을 낚아챘다. 시현이도 인상을 쓰며 도로 빼앗으려 했다. 유림이는 내주지 않으려 안간힘을 썼지만 시현이의 반격도 만만찮았다. 결국 탈환에 성공한 시현이가 놀리듯 색연필을 흔들었다.

“헤헤, 가져왔지롱!”

그러곤 재빨리 협동화로 손을 뻗었다.

“야, 안 돼!”

다급해진 유림이가 시현이 손을 덥석 붙잡았다. 순간 시현이가 얼굴을 찡그리며 손을 움켜쥐었다. 유림이 손끝에는 무언가 베이는 듯한 감각이 느껴졌다.

“아야!”

금방이라도 울 것 같은 얼굴로 시현이가 비명을 질렀다. 유림이는 깜짝 놀라 손을 놓았다. 시현이 손에 상처가 났다. 그 상처에서 붉은 색깔이 피처럼 스며 나왔다.

“나, 나는……!”

심장이 쿵 내려앉았다.

그냥 색연필을 뺏으려던 것뿐이었다. 정말 그런 의도가 아니었는데……. 그저 손을 잡은 것뿐인데, 상처가 나다니. 아이들이 무슨 일이냐는 듯 쳐다보았다. 유림이는 그 눈빛이 왠지 무서웠다. 머릿속이 새하얘졌다.

선생님이 급히 다가왔다.

"왜 그래? 또 무슨 일이야?"

선생님이 물었으나, 시현이는 고통스러워할 뿐이었다. 하긴, 시현이도 영문을 모를 것이다. 그저 잠시 유림이와 손이 맞닿은 것뿐이니까. 그건 유림이도 마찬가지였다.

선생님이 시현이 손을 살폈다. 시현이는 겨우겨우 손을 폈다. 유림이는 그 붉은 선을 차마 바라보지 못하고 고개를 푹 숙였다. 시현이 손에 난 큰 상처를 보면 선생님은 뭐라고 말씀하실까? 그게 다 자신 때문이라면…….

그런데 선생님이 이상한 말을 했다.

"아무렇지도 않은데?"

아이들이 무슨 일인지 궁금한 듯 슬금슬금 다가왔다. 시현이도 자신의 손을 확인했다.

"어? 다친 데가 없는데 왜 이렇게 아프지?"

아이들이 시현이에게 엄살 부리지 말라며 놀렸다. 시현이도 웃음을 머금었지만, 손이 아픈지 금세 인상을 찌푸렸다.

유림이만 입을 다물 수 없었다.

'저 빨간 상처가 안 보인다고?'

유림이 눈에는 똑똑히 보이는데, 아무도 알아보지 못했다. 심지어 시현이 자신조차도.

한바탕 소동에 교실 분위기가 어수선했다. 선생님이 아이들을 다독여 활동에 집중시켰다. 시현이는 힘들어하며 계속 손만 주무르다가 보건실에 좀 다녀오겠다며 교실을 나갔다. 유림이도 시현이가 걱정되긴 마찬가지였다. 하지만 걱정된다고 말할 수는 없었다. 말하면, 뭔가 내가 틀렸다고 인정하는 것 같으니까.

'보건실에 따라가 볼까?'

잠시 고민했지만 이내 생각을 접었다. 유림이가 도움 될 일은 없을 거다. 지금 유림이가 할 수 있는 최선은 협동화를 완성하는 것이었다. 유림이는 손에 색연필을 들었다. 그리고 시현이 그림을 가져와 색칠하기 시작했다. 검은색으로 칠해진 부분이 여전히 눈에 거슬렸다.

'이게 아니잖아…….'

엉망진창이 된 그림을 완벽하게 완성하고 싶었다. 그래야 누군가 말해 줄 것 같았다. "잘했어, 유림아." 하고.

학교를 마치고 교실을 나서던 유림이는 잠시 멈추어 서서 시현이의 뒷모습을 물끄러미 보았다.

보건실에 다녀와서도 시현이는 표정이 좋지 않았다. 아무도 알아보지 못하는 그 붉고 선명한 상처가 유림이 눈에는 선명하게 보였다.

영문을 알 수 없었다. 꼭 날카로운 것에 베인 듯한 상처였다. 주변에 칼이라든가 베일 수 있는 물건은 하나도 없었다. 그런데 어째서 그런 상처가 생겼을까? 그때를 돌이켜 보면, 의심할 만한 상황은 유림이가 시현이 손을 붙잡았다는 것뿐이었다.

원인이 무엇이든 시현이가 아파하는 게 계속 마음에 걸렸다. 시현이는 그 길로 병원에 가서 치료를 받았다고 들었다. 물론 이렇다 할 처방은 없었다고 한다. 병원에서조차 보이지 않는 상처라니. 유림이는 덜컥 겁이 났다. 이제 와서 '내 눈에는 시현이 손에 난 빨간 상처가 보인다'고 하면 누가 믿어 줄까?

다음 날, 시현이는 손 쓰는 게 불편한지 붕대를 감고 왔다. 친구들은 '멀쩡한 손에 웬 붕대냐'고 했지만, 시현이는 정말로 아프다며 억울해했다. 유림이는 시현이 목소리가 들리면 슬그머니 자리를 피했다.

어떻게든 시현이를 도와야겠다는 생각이 들면서도 한편으로는 억울함이 가시지 않았다. 시현이가 유림이를 원망스러운 눈으로 바라보는 것만 같았다.

아니, 어쩌면 시현이는 그냥 바라본 건데 유림이가 그렇게 느끼는 걸지도 모른다. 마음이 어수선했다.

'진짜…… 내 잘못일까?'

매번 그랬다. 선생님들은 유림이에게 '네가 잘못한 거'라고 했다. 너무 예민하다고 말이다.

"그냥 넘어가도 되잖아. 네가 하고 싶은 대로만 하려면 너도 힘들고, 주변 사람들도 힘들어."

예민하다는 말은 어릴 때부터 들어왔다. 이젠 예민의 '예' 자만 들어도 몸서리가 쳐졌다.

사실, 유림이도 자신이 까다롭게 군다는 걸 알고 있었다. 집에서도 다르지 않았다. 먹는 거, 입는 거, 자는 거, 어느 것 하나 편한 게 없었다. 다른 사람이 아주 사소하게 느끼는 불편함도 유림이에게는 크게만 느껴졌다.

어른들은 좀 덤덤하게 굴라고 했다. 너무 잘하려 하지 말고, 너무 예민할 필요 없다는 말도 귀가 따갑도록 들었다. 유림이도 그러려고 노력했다. 하지만 그럴 때마다 속에서 참을 수 없는 무언가가 끓어올랐다. 어른들 말마따나 무덤덤하게 넘기려 해도, 그게 잘 안됐다.

시현이 손의 붉은 상처가 자꾸만 떠올랐다. 다른 애들은 시현이를 다 놀려도, 유림이는 그럴 수 없었다.

'많이 불편하겠지?'

시현이 급식이라도 대신 받아 줄까? 아니면 청소를 대신 해 줄까? 그런 생각을 하며 걷고 있을 때였다.

“아오, 아파! 악! 아오!”

앞머리 색이 특이한 남자였다. 검은 봉지를 들고 있었다. 뭐가 들었는지, 남자는 연신 “아파, 아파!”를 반복했다. 마침 남자가 손가락이 너무 아프다며 봉지를 내려놓았다. 살짝 벌어진 틈 사이로 무엇인가가 보였다.

‘풀이잖아?’

빛바랜 종이처럼 노란 풀들이 흙째 수북했다.

“백이야.”

나지막한 목소리에 절로 눈길이 갔다. 고개를 들자, 단정한 몸가짐의 할머니가 눈앞에 있었다. 할머니 눈빛이 인상적이었다. 어딘가 부드러우면서도 쉽게 시선을 뗄 수 없을 만큼 빛났다. 흰 가운을 입었는데, 안쪽으로는 검은 목 폴라와 바지가 보였다. 단추 하나 풀지 않은 셔츠처럼 흐트러짐이 없었다. 가지런히 틀어 올린 머리는 머리카락 한 올 튀어나오지 않았다.

가운에 ‘삼신’이라는 이름표가 붙이 있었다.

“쌤, 말씀하신 재료 가져왔어요. 그런데…… 손가락을 너무 많이 찔렸어요!”

백이가 우는소리를 했다. 삼신은 빙그레 웃더니 “고생했네, 고생했어.” 백이의 어깨를 다독였다.

‘대체 뭔데 그러지?’

호기심이 일었다. 유림이는 그냥 지나치지 못하고 자꾸 눈길이 갔다.

"왜요? 궁금해요?"

삼신이 불쑥 물어오는 통에 유림이는 화들짝 놀라 뒷걸음질 쳤다. 얼굴이 빨개진 채 얼른 손을 내저었다.

"아, 아니요……!"

급히 걸음을 옮기려는데, 삼신 목소리가 뒤통수를 붙잡았다.

"궁금하면 보고 가요."

"…… 그래도 되나요?"

유림이는 슬그머니 걸음을 돌려 검은 봉지 앞으로 다가갔다. 그 앞에 쪼그려 앉아 먼저 눈으로만 관찰했다. 아무리 봐도 그냥 누렇게 변한 풀이었다. 손가락을 찔리고 말고 할 게 없는데? 이게 뭐라고 아프다는 걸까? 유림이 마음을 읽기라도 한 듯 삼신이 말했다.

"만져 봐도 돼요. 대신 아주 조심스럽게."

"정말요? 그럼……."

유림이는 조심스럽게 봉지로 손을 뻗었다.

"아야!"

유림이는 화들짝 손을 뺐다. 심장이 콩콩 뛰었다. 무언가 뾰족한 것이 손가락 끝에 걸렸다. 아픔보다는 놀라움이 컸다. 제대로 찔렸으면 많이 아플 듯했다. 백이가 검지를 입술로 가져가며 조용히 하라는 시늉을 했다. 그러더니 작은 목소리로 속삭였다.

"가시가 있어서 조심해야 해요."

"가시요?"

유림이는 눈을 비비고 다시 보았다.

"어디요? 안 보이는데……."

유림이가 고개를 갸웃하자, 삼신이 입을 가리고 웃었다.

"햇빛 아래에서는 안 보이지만, 정말로 가시가 있어요. 그러니 조심조심. 그리고 혹시라도 함부로 다뤘다간 풀이 잠에서 깰 수 있다고. 그럼 다 허사예요. 그래서 장갑도 못 끼는 거고."

그냥 시든 풀 아닌가? 풀이 잠에서 깬다는 말이 조금 엉뚱하게 들렸다.

백이는 검은 봉지를 다시 들 생각에 인상을 찌푸렸다.

"내가 들까?"

삼신의 말에 백이가 펄쩍 뛰었다.

"에이, 이런 일은 제가 해야죠. 가뜩이나 진료 보시느라 힘드신데."

말은 그랬지만, 백이는 연신 한숨을 내쉬며 손가락만 풀었다. 눈치를 보던 유림이가 천천히 입을 열었다.

"혹시 제가 들어 드려도 되나요? 저 잘할 수 있을 것 같은데."

삼신과 백이가 놀란 눈으로 서로를 보았다. 두 쌍의 눈동자가 동시에 유림이를 향했다. 삼신이 물었다.

"정말로 할 수 있겠어요?"

"아, 뭐. 해 보는 거죠."

백이는 양손을 깍지 낀 채 삼신이 허락하길 기다렸다. 삼신은 가늘어진 눈으로 잠시 생각하더니 말했다.

"그럼 한번 해 보세요. 대신 조심조심. 잊지 말고."

"네!"

유림이는 뭔가 새로운 도전을 하는 것 같아 기뻤다. 백이 또한 유림이만큼 신이 난 듯했다. 가벼운 발걸음으로 앞서 걸었는데, 봉지를 들고 있을 때와는 한결 다른 몸놀림이었다.

"어서 와요. 이쪽이야, 이쪽!"

백이가 낡은 회색 건물을 가리켰다. 유림이는 이맛살을 들어 올린 채 검은 봉지를 내려다봤다. 햇빛 아래에서는 보이지 않는 가시가 있다고? 어떡할까 고민하던 유림이는 조심스럽게 손을 가져가 보았다. 눈을 감고 호흡을 가다듬었다. 그러자 어쩐지 손끝에 아주 작은 실이, 그러나 단단한 바늘 같은 무엇인가가 느껴졌다. 유림이는 조심스럽게 손을 움직여가며 뾰족한 무엇인가와 간격을 맞춰 나갔다. 적당히 느낄 수 있게 되자 유림이는 봉지 끝을 살며시 집어 들었다.

천천히 한 걸음씩 걸음을 옮겼다. 미리 엘리베이터를 불러 놓은 남자가 대단하다며 엄지를 치켜들었다. 유림이는 칭찬에 신경 쓸 겨를이 없었다. 유림이 손은 봉지 끝을 잡은 채로도 떨림 하나 없었고, 풀을 바라보는 눈은 바람이 불어와도 단 한 번 깜빡이지도 않았다. 이마에는 땀이 송골송골 맺혔다. 그 모든 것을 삼신은 묵묵히 지켜보았다.

마침내 6층에 도착하자 남자는 '삼신병원'이라고 쓰인 출입문을 열었다.

"자, 이리로."

남자가 대기실 탁자를 가리키며 그곳에 약초를 내려놓으라고 했다. 유림이는 얼른 다가가 탁자 위에 봉지를 내려놓고 숨을 돌렸다. 백이가 짝짝짝 손뼉을 쳤다. 삼신도 만면에 미소를 머금었다.

"대단한데요? 옮기는 동안, 가시에 한 번도 안 찔리다니."

"뭘요."

실은 진땀이 날 만큼 신경을 곤두세웠지만, 티 내진 않았다. 삼신의 칭찬에 유림이 입꼬리가 올라갔다. 삼신이 정수기에서 물을 따라 건넸다.

"자, 물 좀 마셔요."

삼신이 건넨 물컵이 '잘했어요' 도장 같았다. 어려운 일을 해낸 어린이, 도움을 준 어린이가 된 듯했다.

"감사합니다."

유림이는 물을 꿀꺽꿀꺽 들이켰다. 미지근한데도 물맛이 시원했다. 목을 축이며, 유림이는 삼신의 말에 귀를 기울였다.

"다루기 여간 성가신 가시가 아니지만, 귀한 약재 중 하나예요."

삼신은 가시를 잘 말려서 빻으면 상처에 효과가 좋다고 했다. 가시가 약재라고? 유림이는 삼신의 말이 무슨 말인지 하나도 알아들을 수 없었다. 그러나 단 하나 귀를 붙잡는 단어가 있었다.

"이 가시가 상처를 낫게 해요?"

"그럼요. 바르고 하루면 금세 다 나아요."

유림이는 가시에서 눈을 떼지 못했다.

"혹시 그 약이요. 저도 처방받을 수 있을까요?"

유림이는 시현이 상처를 생각하며 물었다.

"왜요? 어디 다쳤어요?"

"아니요. 저는 괜찮은데 친구가 손을 다쳤어요."

삼신이 미간을 찌푸렸다.

"저런. 어쩌다가요?"

"글쎄요. 그건 잘 모르겠어요."

말은 그렇게 하면서도, 유림이는 아랫입술을 깨물었다. 시현이 손에 남은 붉은 줄이 자꾸 머릿속을 떠다녔다.

그사이, 백이가 커튼을 치고 불을 껐다. 한 치 앞도 보이지 않을 만큼 깜깜해졌다. 삼신이 노란 손전등을 켰다.

"이건 달빛 손전등이에요. 달빛과 똑같은 기운을 가졌죠."

삼신이 손전등으로 풀을 비추었다. 도무지 이해할 수 없는 말들을 뒤로 하고. 유림이는 탁자 위로 눈길을 돌렸다.

"와……."

좀 전까지만 해도 시들시들했던 풀이 불빛을 받아 영롱하게 반짝였다. 꼭 금가루를 뿌려 놓은 것처럼. 그러나 그것보다 더 눈길을 끄는 것이 있었다.

"진짜 가시네요?"

삼신이 고개를 끄덕였다.

"네, 이제 곧 깨어날 거예요."

정말이었다. 말려 있던 가시들이 기지개를 켜듯 하늘하늘 곧게 펴졌다. 실오라기 같기도 하고, 동물의 잔털 같기도 했다. 삼신은 그 위로 하얀 가루를 솔솔 뿌렸다. 유림이가 물었다.

"그게 뭐예요?"

"가시를 깎을 건데, 화내지 말라고 바치는 일종의 뇌물이라고 할까요?"

백이가 키득거리며 덧붙였.

"고급 영양제예요."

삼신이 꼭 가위처럼 생긴 가시 깎기를 가져왔다. 어둠 속 손전등 아래에서 두 사람은 풀의 가시를 조심스럽게 한 올 한 올 잘라냈다. 유림이도 한번 해 보고 싶었다. 삼신에게 묻자 그러라며 가시 깎기를 하나 더 내주었다.

세 사람은 한참 동안 풀의 가시를 깎고 또 깎았다. 이윽고 가시가 없어진 말끔한 풀이 탁자 위에 소복이 쌓였다. 잘라낸 가시는 소쿠리에 조심스럽게 말렸다. 그제야 삼신이 형광등을 켰다.

삼신은 이 풀이 '달빛가시초'라고 했다.

"음지 바른 황천 강가에만 피는 꽃이죠. 햇빛이나 형광등 밑에서는 잠에 빠지고, 밤에만 달빛을 받아먹고 자라요. 어찌나 예민한지 저승의 강물이 아니면 자라지도 않아요. 온도도 습도도, 바람까지 잘 맞아야만 자라는 귀한 풀이죠. 그래도 효과 하나만큼은 최고랍니다. 이제 다시 재웠으니 도로 강가에 심어 둬야죠. 그래야 가시를 다시 얻을 수 있으니까. 백이야?"

"네, 쌤. 데려다주고 올게요!"

백이가 풀을 봉지에 담아 들고 나갔다. 가시가 없으니 운반이 어려워 보이진 않았다. 그나저나 유림이는 고개를 갸우뚱했다.

'황천? 이승? 무슨 말이지?'

"혹시 여기 점집이에요?"

아니다. 데스크 뒤에도 삼신병원이라고 쓰여 있지 않았나. 삼
신이 유림이 추측이 재밌다는 듯 웃음을 터트렸다.

"여긴 환상통증을 전문으로 진료하는 병원이에요."

"환, 뭐라고요?"

"환상통증이요."

무슨 소리일까? 유림이가 눈살을 찌푸리는데도 의사는 개의치
않고 말을 이었다.

"보이지 않아도 아픈 건 진짜니까요."

그 말을 듣는 순간, 가슴이 묵직해졌다. 시현이의 보이지 않는
상처. 아이들은 엄살떨지 말라고 했지만, 시현이는 내내 끙끙거
렸다.

'내가 정말로 그 애를 다치게 한 걸까?'

말로 하기엔 너무 무서운 생각이었고, 아닌 척하기엔 스스로
가 비겁해 보였다.

유림이 표정이 어두워지자 의사가 조심스럽게 물었다.

"친구 때문에 그래요? 친구의 상처가 자꾸 아른거려서?"

유림이는 눈을 동그랗게 떴다.

"어, 어떻게…… 아셨어요?"

"손 좀 내밀어 봐요."

유림이는 얼떨결에 손을 내밀었다. 마른침이 꿀꺽 넘어갔다.

삼신은 유림이 손등을 이리저리 살폈다. 방금까지 웃던 삼신의 눈이 언제 그랬냐는 듯 진지하고 차분한 눈빛으로 변했다. 유림이는 괜히 숨을 들이켰다. 기분 탓인지 손마디가 따끔거리는 것 같았다.

삼신이 다시 웃었다. 그것도 아주 다정하게.

"많이 긴장돼요?"

"…… 아니요."

"긴장해도 돼요. 떨리기도 하고, 그런 거지. 그만큼 잘하고 싶어서잖아요. 그 마음을 부정하지 말아요. 나쁜 게 아니라 아주 섬세한 거니까."

삼신은 달빛가시초를 비추었던 손전등을 꺼냈다. 형광등을 끄고 이번에는 손전등으로 유림이 손바닥을 비추었다.

"칼날 두드러기가 났어요."

삼신이 장갑을 끼고 유림이 손을 잡았다.

"여길 유심히 보세요. 좁쌀처럼 작은 두드러기들이 났죠?"

유림이는 눈을 부릅뜬 채 의사가 가리킨 부분을 보았다. 정말로 좁쌀 같은 것들이 도드라진 게 보였다.

"그 표면이 칼날처럼 날카로워서 그런 병명이 붙여졌어요."

삼신은 손전등으로 유림이 손을 꼼꼼히 살폈다. 삼신의 눈은 어둠 속에서도 손전등의 빛을 반사해 반짝였다. 유림이의 마음

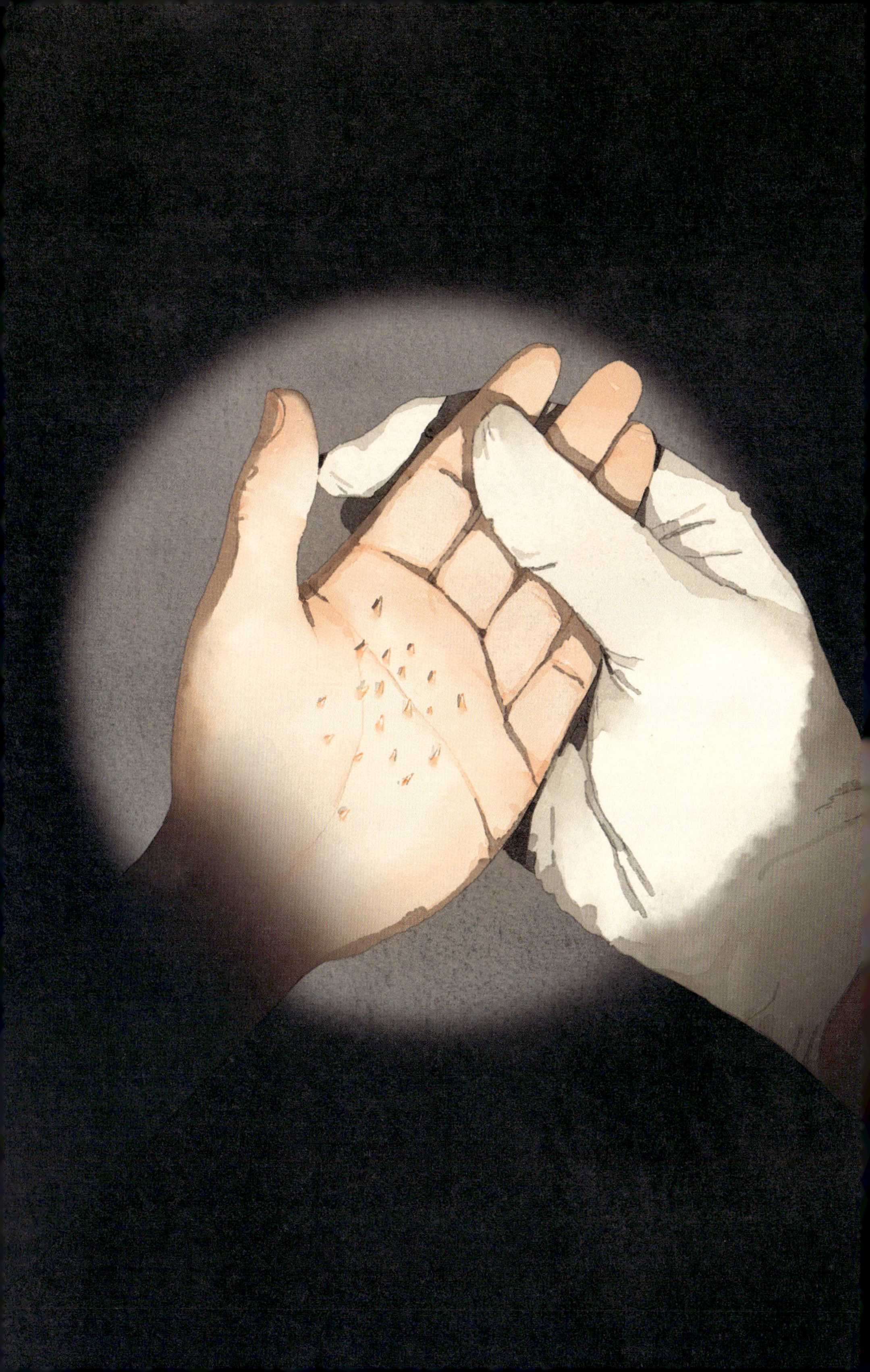

을 알고 있는 듯한 그 눈매에 어쩐지 숨이 잠잠해졌다. 이런 의사라면 어떤 병이든 믿고 맡길 듯했다.

"다행히 두드러기는 많이 가라앉았네요. 따로 치료하지 않아도 시간이 지나면 괜찮아질 거예요."

삼신이 빙그레 웃으며 형광등을 켰다. 수술용 칼날 같던 표정과는 정반대의 모습이었다.

"혹시 평소에 예민하다는 말을 많이 듣지 않나요?"

유림이는 눈을 번쩍 떴다. 유림이 눈동자가 흔들리는 걸 보고 의사는 그럴 줄 알았다고 했다.

"칼날 두드러기는 스트레스를 받거나 뭔가 일이 잘 안 풀릴 때 확 도졌다가 사라지기도 해요."

삼신은 칼날 두드러기가 예민한 사람들에게 더 많이 난다고 했다.

"학교에서 안 좋은 일이 있었나 봐요. 손 다쳤다는 친구랑 싸웠나요?"

"싸운 건 아니지만……."

분명 삼신도 유림이가 잘못했다고 할 것이다. 칼날 두드러기가 예민한 사람한테 많이 난다는 그 말이 어깨를 무겁게 짓눌렀다. 결국 이 모든 일이 자신의 모난 성격 때문이라는 생각이 들었다.

“저도 예민하지 않았으면 좋겠어요.”

유림이는 자기도 모르게 튀어나온 말에 깜짝 놀랐다. 그런데도 어쩐지 계속 말을 하게 됐다.

“엄마는 불편해도 참으라고 하는데 그게 잘 안돼요. 자꾸만 짜증 내게 되고 까칠하게 굴어요. 다른 애들이 싫어할 걸 알지만, 제 마음대로 안 되면 답답해서 힘들어요.”

가만히 듣고 있던 의사가 고개를 끄덕였다.

“그럴 수 있죠. 얼마든지.”

그러더니 비밀인 양 작은 목소리로 덧붙였다.

“나도 한 예민했거든요.”

“정말요?”

삼신이 예민했다는 말에 위로가 되었다. 나만 그런 건 아니구나. 그러나 지금 눈앞의 의사는 어느 모로 보나 예민해 보이지는 않았다. 오히려 푸근하고 따듯한 느낌이었다. 의사가 말을 계속 이었다.

“나는 어릴 때 멸치를 진짜 싫어했거든요. 엄마가 국에 멸치를 넣고 끓이면, 멸치 비늘이 둥둥 떠 있을 때가 있었어요. 그러면 질색하고 안 먹었어요. 그러다 등짝 많이 맞았죠.”

그 말이 어찌나 반갑던지. 유림이는 오이를 못 먹는다. 오이 안 먹겠다고 하다가 반찬 투정한다고 엄마에게 혼난 적이 손에

꼽을 수 없이 많았다.

그 외에도 의사는 자신이 예민해서 벌어진 여러 사건을 말해 주었다. 한 번 쓴 물컵은 찝찝해서 새 물컵을 쓰는 바람에 설거지할 때 물컵이 제일 많다는 것, 바닥에 먼지 앉는 걸 싫어해서 하루에도 몇 번씩 물청소를 한다는 것까지.

그러나 그런 것들은 다른 사람들과 부딪힐 일이 없는 것이었다. 혼자서 예민한 건 괜찮다. 주변 사람들과의 마찰이 문제지. 그런 유림이의 마음을 어떻게 읽었는지, 의사가 유림이의 처진 어깨를 두드렸다.

"예민한 성격이 싫어요?"

유림이는 고개를 끄덕였다.

"저도 아무렇지 않게 넘어가고 싶어요. 이런 칼날 두드러기가 나는 것도 싫고요. 좋은 성격이고 싶은데……."

삼신이 물었다.

"칼날이 무뎌서 식재료를 제대로 손질하지 못한다면 어떨까요?"

"…… 힘들겠죠?"

"예민한 성격은 예리한 칼 같은 거예요. 칼은 어떻게 쓰느냐에 따라 누군가를 다치게 할 수도 있지만, 반대로 맛있는 요리를 하거나 멋진 작품을 만드는 데 쓰일 수도 있죠."

예리한 칼? 내 성격이 의사 선생님의 말처럼 무언가 좋은 것을 만들어 낼 수 있을까? 그거야말로 유림이가 바라던 것이었다. 예민한 성격이 모든 걸 망쳐 놓는다고만 생각했는데…….

의사는 마침 가시 빻아 둔 게 있다며 약봉지를 내밀었다. 안에 소금 같은 가루가 담겨 있었다.

"자, 도와준 선물! 가져가서 다친 친구에게 선물해요. 상처에 뿌리면 금방 좋아질 거예요."

유림이는 감사하다고 말하며 약봉지를 받아 들었지만, 고개를 갸웃했다. 눈이 가늘어졌다. 믿고 싶은 마음과 의심하고 싶은 마음이 엇갈렸다. 삼신이 그런 유림이를 보며 웃었다.

"의심하는 거예요?"

"아, 죄, 죄송해요…….'"

삼신이 고개를 저었다.

"죄송하긴요. 의심이 많다는 건 그만큼 조심성 있고, 진지하게 생각한다는 건데. 유림이는 시현이를 정말로 낫게 하고 싶군요?"

"네, 맞아요."

유림이 볼이 발그레 달아올랐다. 어쩜 내가 숨긴 마음을 금방 알아채는지. 이런 어른은 처음이었다.

'만약 저 눈빛을 예민하다고 하는 거라면…….'

유림이는 의사 선생님의 눈을 닮고 싶었다.

약봉지를 챙겨 병원을 나서는데, 발걸음이 조금 가볍게 느껴졌다. 칭찬을 받은 것도 아닌데, 그만큼이나 어깨가 으쓱거렸다. 유림이는 약봉지를 손에 꼭 쥐었다. 대단한 선물을 받은 것 같았다.

집으로 가다가 문득 궁금해졌다. 삼신은 유림이와 시현이의 이름을 어떻게 알았을까? 말해 주지도 않았는데 말이다. 이래저래 수상쩍은 병원이었다.

설명이 필요했다. 유림이는 도로 병원으로 올라가 보았지만, 그땐 병원 문이 잠겨 있었다.

다음 날 등교하자마자 유림이는 시현이에게 가시초 가루를 건넸다. 시현이가 눈살을 찌푸렸다.

"이게 뭔데?"

"바르면 하루 만에 낫는 약이래. 네 손에 발라 봐."

"그런 게 어디 있어."

"거짓말 같겠지만, 믿어 줘."

시현이는 미간의 주름을 풀지 않았다. 하긴 누구라도 그럴 것이다. 유림이도 처음엔 믿지 못했으니까. 그런데 어제 숙제를 하다 종이에 베여서 상처에 약을 써 보니 정말 효과가 있었다.

언제 그랬냐는 듯 상처가 아물더니 잠시 후 고통은 씻은 듯 사라졌다.

"속는 셈 치고 믿어 봐. 후회하진 않을 테니까."

"그러다 정말로 속으면? 내가 널 왜 믿어야 하는데?"

시현이의 비아냥거리는 듯한 말투에 뜨거운 기운이 불쑥 올라왔다. 또 손날이 가려워졌다. 칼날 두드러기가 도지는 모양이었다. 유림이는 숨을 고르며 마음을 진정시켰다. 다툰 지 얼마나 됐다고. 시현이가 친절하게 대한다면 그것도 이상하다.

"거짓말 아니야. 정말이라고."

유림이가 누그러진 투로 말하자 시현이 눈이 가늘어졌다.

"수상한데."

"왜? 뭐가?"

"왜 화를 안 내지? 까칠 예민 마녀가."

"너 또……!"

아무튼 이시현! 사람 속을 벅벅 긁어 놓는다니까. 유림이는 시현이도 그날 분명 잘못이 있다고 확신했다. 자신이 예민한 건 맞지만, 시현이가 건드리지만 않았어도 불상사는 없었을 것이다.

그러나 이내 마음을 바꿨다. 여태껏 자신이 까칠하게 군 것도 맞으니까. 이럴 때는 상대하지 않는 게 답이겠거니 생각하고 유림이는 가방에서 책을 꺼내 들었다. 유림이가 별말 없이 책을 읽자 시현이는 수상쩍다는 표정을 거두지 못했다.

이왕 잘해 주기로 한 거, 유림이는 수업 시간마다 시현이를 챙겼다. 그간 무시하고 지내서 몰랐는데, 시현이는 생각보다 기초가 부실했다. 5학년 수학에서 배우는 약분과 통분을 까먹었는지 분수의 덧셈도 제대로 못 했다. 유림이는 차근차근 약분 통분하는 법을 알려 주었다. 처음엔 싫다는 듯 삐딱해 있던 시현이도 유림이가 알려 준 방법이 쉬운지 금세 따라 했다.

"거봐. 너도 할 수 있잖아."

유림이가 칭찬하자 시현이가 어색하게 웃었다. 흠흠 헛기침을 하더니 지나가듯 말했다.

"네가 알려 준 대로 하니까 쉽네."

과학 시간에 실험 결과를 책에 정리할 때도 유림이는 과정 하나하나 세심하게 짚어 가며 빠짐없이 기록했다. 시현이는 수업을 따라오지 못하고 유림이 책만 힐끔거렸다.

예전 같았으면 보여 주기 싫어서 감췄을 텐데, 오늘은 먼저 책을 내밀었다. 실험 과정을 차근차근 알려 주며, 왜 이런 결과가 도출되었는지를 설명해 주었다. 시현이는 고분고분 유림이 말에 귀 기울이며 왼손으로 삐뚤빼뚤 내용을 기록했다. 유림이는 아차 싶었다.

"책 이리 줘."

유림이는 시현이의 책을 가져온 뒤, 반듯한 글씨로 실험 결과를 정리해 주었다.

"원래는 스스로 하는 게 맞지만, 손이 아프니 이번엔 내가 해 줄게. 실험 과정이나 결과는 충분히 이해했지?"

시현이는 유림이의 물음에 대꾸하지 않았다. 그저 고개만 끄덕이며 유림이가 필기하는 모습을 물끄러미 바라보기만 했다.

점심시간에도 유림이는 시현이의 급식을 대신 받아다 주려 했다. 그런데 하필이면 오이무침이 나왔다. 숨을 억지로 참고 시현이 급식 판을 가져다준 뒤, 급식 판을 하나 더 챙겨 배식을 받았다. 선생님의 급식 지도 방침이 아무리 싫은 음식이라도 하나는 먹어 보라는 것이었다. 그러나 유림이는 급식 당번이 배식해 준 오이무침 냄새를 맡는 순간, 속이 메스꺼웠다. 도무지 오이무침은 받고 싶지 않았다.

유림이는 식판을 앞에 두고 한숨만 푹푹 쉬었다. 오이는 진짜 싫은데…….

"내가 먹어 줄까?"

시현이었다.

"응?"

"오이 말이야. 너 싫어하잖아."

평소라면 음식 남긴다고 선생님에게 제일 먼저 고자질할 시현

이었다. 웬일로 대신 먹어 준다는 걸까? 말은 고마웠지만 유림이는 고개를 저었다.

"아니야. 먹어야지."

싫다고 언제까지 피할 수만은 없었다. 조금씩 노력해 봐야지. 유림이는 숨을 꾹 참고 오이무침을 입에 넣었다. 도무지 씹을 자신은 없어 꿀떡 넘기고 밥을 밀어 넣었다. 국물도 떠먹었다. 그런데도 입안 가득 오이 향이 남아서 유림이는 울상을 지었다. 그런 유림이를 보고 시현이가 웃음을 터트렸다. 유림이가 인상을 쓰며 시현이를 보았다.

"왜 웃어?"

"그냥. 귀여워서."

'귀, 귀엽다고?'

유림이는 귀를 의심했다. 시현이에게서 그런 소리를 들을 줄은 꿈에도 생각하지 못했으니까. 유림이는 자기 귀가 빨개진 것도 모른 채 허겁지겁 밥을 먹었다.

5, 6교시는 국어 연극 수업이었다. 선생님이 모둠 연극을 준비하라고 했다. 짧은 단편 동화를 연극 대본으로 바꾸고, 각자 배역에 맞게 연기를 연습하고 무대 배경도 꾸미는, 몇 차시에 걸쳐 진행되는 꽤 어려운 모둠 과제였다.

선생님이 연극 준비 계획서를 나누어 주었다. 유림이는 여느 때처럼 계획서를 독차지하고 연필을 들었다. 계획서를 쭉 훑으며 역할 분담을 어떻게 할지부터 생각했다.

"대본은 내가 짤게. 너희들은 내가 짠 대본에 맞춰서 소품을 만들어. 맡은 역할은 머리띠로 만들어서 표시하고, 또 무대 배경은……."

거기까지 말하다가 유림이는 얼른 입을 다물었다. 또 자신이 모든 걸 휘두르려 했다. 잘하고 싶은 마음이 너무 앞섰다. 그 바람에 모둠원의 의견은 묻지도 않고 밀어붙였다.

'나 정말 왜 이러지…….'

계획서와 연필을 꼭 쥔 자신을 발견한 순간, 낭패감이 들었다. 이제는 손에서 힘을 풀어야 한다고 생각했는데.

"미안. 또 내 마음대로 해 버렸네. 안 그러겠다고 다짐했는데. 난 너희들이 시키는 거……."

"나는 이떤 거 만들면 돼?"

"어?"

유림이가 마음대로 하려고 할 때 누구보다 강하게 반감을 드러내던 시현이었다. 그런데 순순히 뭘 하면 되겠냐고 묻다니. 시현이는 유림이에게 계획서와 연필을 내밀었다.

"난 너 믿어."

시현이가 유림이를 바라보았다. 그 눈빛이 평소 같지 않았다.

"넌 누구보다 꼼꼼하고 야무지니까. 네가 시키는 대로 하면 항상 결과가 좋았어. 아까 과학 시간에 실험 관찰 정리한 거 보고 깜짝 놀랐어. 정말 정리를 잘하더라. 그치만…… 너무 네 마음대로 하려는 건 싫었어. 그리고 넌 네 마음대로 안 되면 막 화를 내니까. 하지만 그게 다 잘하고 싶어서 그런다는 거 알아."

혜인이와 민서도 시현이 말에 동의하는 듯 고개를 끄덕였다.

"얘들아……."

"네가 잘하는 거 알아. 네가 이끌어도 돼. 대신 우리와도 상의해 줘. 그럼 연극 준비가 훨씬 더 재밌을 거야."

유림이는 고개를 떨어뜨렸다. 눈시울이 뜨거웠다. 친구들이 따라 주지 않는다고 답답해하고 화를 냈던 지난날의 자신이 떠올랐다. 그 위로 믿고 맡겨 주는 시현이와 아이들의 얼굴이 겹쳐 보였다. 가시 같던 마음에 달콤한 솜사탕이 한 움큼 내려앉는 듯했다.

유림이는 벅찬 가슴을 안고 미소 지었다.

"응! 우리 힘내서 잘하자."

시현이도 씨익 입꼬리를 올리며 아픈 쪽 손을 흔들었다.

"이제야 설유림 같네!"

그러다 책상에 손이 부딪혀 비명을 질렀다. 아프다고 우는소리를 했지만, 그새 개구쟁이 표정으로 돌아와 뭐부터 하면 되겠나고 물어왔다.

유림이는 그런 시현이 덕분에 자기도 모르게 웃음이 터졌다. 재미없는 장난만 치고 모둠 활동을 망쳐 놓는다고만 생각했는데 지금 보니 시현이는 모두를 유쾌하게 만드는 분위기 메이커였다. 유림이가 예민하고 날카로운 대신 모든 일에 꼼꼼한 것처럼, 시현이는 덜렁대는 대신 주변을 웃게 만드는 재주가 있었다.

유림이는 자신의 예민함도, 시현이의 느긋함도, 고쳐야 할 나쁜 점이라고만 생각했다. 하지만 그것은 어쩌면 다듬으면 다듬을수록 빛이 나는 보석이 아닐까? 유림이는 자신과 다른 시현이를 아주 조금은 이해할 수 있을 것 같았다. 마음을 열고 바라보면, 조금 달라도 함께 어우러질 수 있는 아름다운 협동화 같은 사이. 선생님이 말했던 각양각색으로 어우러진 그림.

어쩌면 그런 사이가 될 수 있을 것 같았다.

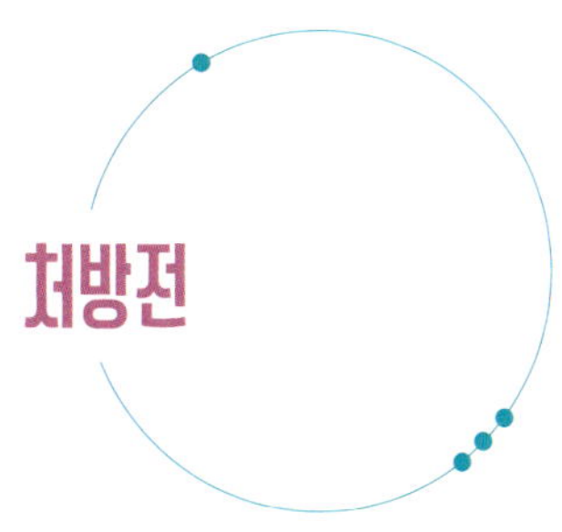

하굣길에 시현이가 책상을 정리하는 유림이에게 말했다.

"네가 준 돌팔이 약은 집에 가서 꼭 발라 볼게."

"돌팔이 아니야. 나도 효과를 봤다니까."

유림이는 우연히 만난 병원에 대해 말해 주었다. 그러나 시현이가 여전히 못 믿겠다는 눈치였다.

"천하의 설유림이 장난도 칠 줄 아네?"

"장난 아니고 진짜라니까?"

웃음기 없는 유림이 눈빛에 시현이 표정도 달라졌다.

"그 병원, 나도 한 번 가 볼까? 직접 진료 받는 게 낫잖아."

유림이는 망설임 없이 고개를 끄덕였다.

“그래. 내가 안내해 줄게.”

그러나 막상 상가에 도착했을 때, 병원은 흔적도 없었다.

“분명 여기였는데? 어디 갔지?”

유림이는 눈을 크게 뜨고 주변을 둘러보았다. 하지만 아무리 찾아도 병원은 보이지 않았다. 대신 오래 방치되었는지 거미줄이 쳐진 입구만이 덩그러니 있었다.

시현이는 처음엔 유림이를 거짓말쟁이라고 놀릴까 하다가, 유림이 눈빛이 흔들리는 걸 보고는 멈칫했다. 장난처럼 넘길 수 없는 분위기였다. 대신 가방에서 유림이가 준 약을 꺼낸 뒤, 아픈 손 위에 뿌려 보았다. 순간, 손이 간질간질해지더니 통증이 씻은 듯 사라졌다. 시현이는 눈이 휘둥그레졌다.

“…… 진짜네?”

믿기지 않는 얼굴로 유림이를 바라보았다. 유림이는 말없이 고개를 끄덕이며 병원이 있던 자리를 바라보았다.

‘내기 꿈을 꾼 걸까?’

두 사람은 소득 없이 계단을 내려갔다.

그때, 위에서 발소리가 들려왔다. 어떤 아저씨 한 분이 계단을 청소하고 있었다. 아저씨라면, 어쩌면 알고 있지 않을까? 유림이는 지푸라기라도 잡는 심정으로 아저씨에게 물었다.

“혹시 이곳에 있던 병원을 아세요? 삼신병원이요.”

그 말에 아저씨가 눈살을 찌푸렸다.

"병원? 여긴 태권도 학원이 있었어. 그것도 폐원한 지 일 년이 넘었는데."

"네? 일 년이요?"

그럴 리가. 어제만 해도 있던 병원이 어떻게 하루아침에 사라질 수 있지? 아저씨는 청소를 해야 하니 볼일 없으면 그만 좀 내려가 달라고 했다. 유림이는 자신이 뭘 잘못 들었나 싶었다. 아니면 헛것을 본 건가? 아니다. 그렇지 않다. 유림이는 설레설레 고개를 저으며 혼잣말하듯 말했다.

"진짜 있었어. 그 약도 의사 선생님이 주신 건데……."

시현이가 그런 유림이를 데리고 아래로 내려오며 말했다.

"알아. 난 널 믿어."

"정말? 그냥 하는 소리 아니고?"

"나도 가끔은 아무도 믿어 주지 않는 일을 겪기도 해. 하지만 나는 진짜 겪었으니까, 누가 믿어 주든 말든 상관없잖아. 나에게만은 진실이니까."

"그건…… 그래."

시현이가 분위기를 바꾸려는 듯 가벼운 목소리로 말했다.

"아이스크림이나 먹으러 가자. 내가 살게!"

"오, 듣던 중 반가운 소리. 좋아!"

두 아이는 언제 그런 일이 있었냐는 듯 병원을 등지고 걸었다.

조용해진 골목. 그 자리에 그림자 둘이 남았다.

삼신은 아까부터 유림이와 시현이를 지켜보고 있었다. 잘 지내는 모습을 보니 괜히 뿌듯했다. 마음이 조금 놓이기도 했다. 계단 청소를 하던 남자가 옆에서 입을 가리며 웃었다.

"쌤이 애지중지 점지한 아이들이잖아요."

"그렇지. 귀한 아이들이지."

남자는 어느새 작은 두루미로 변해 삼신의 어깨에 앉았다.

"세상에 내보낼 때 그렇게 기도를 하셨는데."

삼신은 오래전 마음이 새삼 떠올랐다. 아무 탈 없이 행복하게 자라나길. 아프지 않기를, 상처받지 않기를. 그 기도는 지금도 여전했다. 그런데 아이들은 자주 다쳤고 쉽게 마음이 부서졌다. 그 상처들을 모른 척할 수가 없었다.

백이가 부리로 삼신의 머릿결을 가만히 쓸어내렸다.

"크다 보면 누구나 한번은 겪잖아요. 저도 그랬고. 삼신이 있어서 얼마나 다행이에요."

삼신은 백이의 깃털을 어루만지며 가볍게 웃었다.

"고마워, 백이야."

아픔을 겪어내고 한 걸음 더 나아간다면 아이들은 더 건강해

안경 콘택트
부동산
789-0051
안경
콘택트
통그란약집
약

지겠지. 지금은 비록 힘들겠지만 훌훌 털고 일어나 주길. 씩씩하게 걸어가 주길. 처음 점지했을 때도, 지금도, 삼신이 아이들에게 바라는 건 그것뿐이었다.

준희, 다윤이, 태민이, 유림이, 시현이……. 삼신은 아이들 이름 하나하나를 마음속에서 불렀다.

'잘 살아 낼 거야. 너희라면.'

그래도 혹시 또 아프면 언제든 찾아와. 혼자 아프지 않도록 늘 곁에 있을 테니까.

하늘 위로 하얀 두루미가 큰 날개를 펼치고 날아갔다.

제가 정말 좋아하는 동화책이 있습니다. C.S. 루이스 작가의 《나니아 연대기》 시리즈입니다. 루이스는 이 작품 외에도 많은 책을 썼는데 그중에서도 특히 인상 깊었던 책이 《기적》입니다. 이 책에서 루이스는 각 나라의 신화가 지닌 의미에 관해 설명해 줍니다.

어릴 때부터 그리스 로마 신화나 북유럽 신화를 재미있게 읽었는데, 신화의 의미를 알고 나니 더 재미있었습니다. 이런 경험이 계기가 되어 우리나라 신화에도 관심을 두게 되었습니다. 막상 알아보니 우리나라 신화도 정말 재밌더라고요.

한번은 삼신의 신화를 읽고 있는데, 문득 그런 생각이 들었습니다.

'지금 이 시대에 삼신이 살고 있다면, 어떤 눈으로 아이들을 바라볼까?'

한창 아동 학대 관련 뉴스로 세상이 시끄러울 때였습니다. '기껏 점지해 줬더니, 왜 귀한 아이를 못살게 구는 거야?'하고 화를 내려나? '어떡하나, 내 새끼. 나라도 돌봐야지.'하면서 속상해 하려나? 제 생각엔, 삼신이라면 둘 다일 것 같았습니다.

그 생각이 이야기의 씨앗이 되어 탄생한 이야기가 《삼신 하우스》라는 청소년 소설이었어요. 아동 학대를 다룬 이야기였는데, 세상에 나오지는 못했습니다. 이후 잠들어 있던 그 소설에서 '삼신이 운영하는 어떠한 장소'라는 설정만 가져와 재탄생한 것이 지금의 《환상통증전문 삼신병원》입니다.

두루미 '백이'에 대해서도 조금 소개하고 싶습니다. 저는 우리나라 고유의 새를 떠올리자면 두루미를 빼놓을 수 없다고 생각하는데요. 두루미는 장수를 상징하는 동물이고, 사람으로 둔갑하다는 설화도 있어요. 인간의 모습으로 변한 두루미가 아이들이 잘 자라도록 돕는 간호사 역할을 한다면 재밌겠다 싶었어요. 흰색의 이미지가 병원과도 잘 어울리고요. 그래서 백이를 등장시켜 보았답니다.

이 이야기에는 제가 만난 다양한 아이들의 단편이 녹아 있습니다. 갖가지 고민으로 힘들어하는 친구들이죠. 저는 이야기에 항상 현실 아이들의 고민을 반영하기 위해 노력합니다. 한편, 제 모습도 섞여 있습니다. 제 어린 날의 모습뿐 아니라 현재의 고민들까지도요. 겉으로 보기에 저는 어른이지만, 여전히 '진짜 어른'은 아닌 것 같거든요. 제 고민의 해결책을 동화 속에서나마 찾아보고 싶었습니다.

그러한 고민을 '환상통증'이라고 이름 붙였습니다. 눈에 보이지 않지만, 실제로 존재하는, 그래서 너무나도 아픈 통증이요. 다른 사람들은 '뭘 그런 거 가지고 그래?'라고 할지 모르지만, 나에게는 '개구리로 변한 것' 같이 놀랍고, '뾰족한 송곳니'처럼 신경 쓰이고, '투명 인간'이 된 것만 같아 숨이 막히고, '친구를 다치게 만들었다'는 죄책감에 한없이 작아지는 느낌을 주죠. 환상통증은 이 이야기에 등장한 것 말고도 정말 많을 거예요.

누구도 내 편 같지 않을 때, 도무지 어떻게 해결해야 할지 모를 때, 삼신병원이 '두둥'하고 나타나 준다면 어떨까요? 아무에게도 털어놓을 수 없는 비밀을 속 시원히 털어놓고 처방받을 수만 있다면요.

"에이, 작가님. 이건 이야기잖아요. 세상에 그런 병원은 없어요. 다 뻥이라고요!"

이렇게 따져 물을 수도 있겠습니다. 하지만 저는 믿고 싶어요.

분명 어딘가에 그런 곳이 있다고요. 그 모습이 제가 이야기에서 그린 병원의 형태는 아닐지 몰라요. 친구들과 점심시간 운동장을 돌며 나누는 잠깐의 대화일 수도 있어요. 길가에 핀 예쁜 들꽃을 바라보는 시간일 수도 있고, 뜨거운 여름날 한입 베어 무는 시원한 아이스크림일 수도 있어요. 무엇보다 나를 사랑하는 주변 사람들. 그 사람들이 삼신 의사가 되어 여러분의 환상통증을 어루만져 줄지 모릅니다.

이것도 저것도 없으면 여러분 스스로가 '삼신'이 되어 여러분을 다독이는 건 어떨까요?《환상통증전문 삼신병원》을 읽으면서 말이에요. 저는 '삼신'은 못 되더라도 변신의 귀재 '백이'처럼 다양한 목소리로 여러분을 찾아가겠습니다. 재밌는 이야기로 여러분과 함께할게요.

여러분이 건강하게 자라길, 삼신만큼이나 기도하겠습니다.

2025년 깊어 가는 가을에

이재문 드림